KB269254

물한잔과
돌맹이
두개

물 한 잔과 도마뱀 두 끼

오광진 우화소설

문이당

66

많은 사람은 배고픈 소크라테스보다 배부른 돼지로 살고 싶어 하지. 그런 사람들을 두고 어느 철학자가 창조력을 잃은 최후의 인간이라고 하더군. 아침에 일어나면 출근하고, 일하고 다시 퇴근해서 자는 반복된 일상에서 낙이라곤 쇼핑과 마약성 쾌락이 전부지. 혹시 젊은이도 그런 사람 중 한 사람 아닌가?

99

거울 되기

　오광진 작가는 자연을 벗 삼고 스승 삼아 초야에 묻혀 글 농사만 일구고 사는 야인입니다. 아니, 마음을 닦으며 사는 선인입니다. 참 향기롭고 그윽하고 싱그럽게 느껴지는, 혼이 다사로운 작가입니다. 그는 산책을 즐겨합니다. 산책을 두고 그는 '살아 있는 책'이라 말합니다. 항상 꽃과 나무에 고마워하고 땅을 존경합니다. 아무 말 없이 매일같이 창조해내는 능력이 경이롭다 말합니다. 저는 그와 가끔 통화합니다. 통화의 말미에 그는 항상 이런 말을 합니다.

　"선생님, 건강해주셔서 고맙습니다."

　"찰옥수수가 너무 여물어서 맛이 덜하지요? 그래도 맛있게 드셔주셔서 고맙습니다."

　이 말을 처음 들었을 때 그냥 인사치레로 생각했습니다. 하지만 그는 매번 고맙다는 말을 빼놓지 않습니다. 고마움이란 받는 이가 주는 이에게 느끼는 마음입니다. 하지만 그는 거꾸로 행할 때 더한 고마움을 느낀답니다. 줄 때의 행복을 그는 알고 있습니다. 그는 받으려고도 하지 않습니다. 받으려는 마음이 생길 때 괴로움이 동반된다는 것을 알고 있는 사람입니다.

고마움은 아름다움입니다. 고마움은 미움을 녹일 수 있는 특효약입니다. 고마움은 소중함을 일깨웁니다. 많은 사람은 우리 곁에 늘 함께하는 것들을 흔하다는 이유로 소홀히 여깁니다. 하지만 흔한 것이야말로 인간에게 없어서는 안 될 소중한 것입니다. 흙, 공기, 물, 바람, 햇살 등 참으로 많습니다. 그는 말합니다.

"의외로 많은 사람이 행운을 주는 네 잎 클로버만을 찾으려 하지 행복을 뜻하는 세 잎 클로버는 못 보는 것 같아요. 정작 사람에게 소중하고 필요한 것은 그것들인데……."

그가 말하듯이 행복은 이렇듯 생각을 바꿔 찾으려 하면 우리 주변에 널려 있습니다. 그의 향기로운 화두는 그가 쓴 글 속에, 사람이 왜 고마움과 더불어 살아야 하는지를 그윽하게 그려내고 있습니다. 그것에 대한 답은 '거울'을 보며 찾을 수 있습니다.

'내가 찡그리면 거울 속에 있는 나도 찡그립니다. 그러면 나는 내 모습을 보며 마음이 상합니다. 거울 속에 있는 나는 곧 나의 상대입니다. 누군가 내게 욕을 하면 불쾌해집니다. 입장을 바꿔보면, 나에게 욕을 한다는 것은 내가 욕을 하게끔 만들었다는 의미이기도 합니다. 내가 고마워하면 상대도 고마워합니다.'

그는 사람의 근본이 되는 도리와 마음의 평정을 찾는 지혜를 일러주고 있습니다.

"우리는 그 누구의 인생을 대신 살 수 없어. 다만 서로에게 거울이 되어줄 뿐이야."

그의 말처럼 '내가 상대의 거울이다'라고 생각하며 산다면 이 세상은 더없이 행복한 세상이 될 것이며, 풍요로운 인생을 살다 가지 않을까 합니다.

일회용 휴지는 한 번 쓰고 버리는 것이지 아깝다고 하여 빨아서 다시 쓸 수 있는 것이 아닙니다. 우리 인생도 일회용 휴지처럼 한 번밖에 사용할 수 없습니다. 한 번뿐인 인생, 서로에게 거울이 되어 맛있게 살아야 합니다. 인생은 잘 놀다 가지 않으면 불법이니까요. 솔향이 그윽하게 풍기는 해맑은 작가 오광진은 거울 속에서도 향기로운 사람입니다.

김홍신(소설가)

사람을 살리는 글이었으면

이 글은 내 경험의 실체인 'Catholic'으로부터 시작되었다. 교회를 뜻하는 가톨릭은 본래 그리스어로 '보편적'이란 뜻이다. 즉, 예수는 보편적인 말로 가르침을 주신 것이다. 왜 그랬을까? 혹 많은 사람이 보편적인 것도 못 지키며 살고 있기에 보편적인 말로 다시 가르쳐주려고 한 것은 아니었을까?

그렇다면 위와 같은 마음을 전하려고 한 것이 비단 예수뿐일까? 우리가 알고 있는 철학자나 성인의 대부분은 현학적이 아닌 지극히 평범하고 보편적인 삶의 진리를 우리에게 전해주려고 했다.

그들이 전한 진리의 전달 매체는 오로지 인간을 향한 언어로 되어 있다. 그렇기에 그 대상들은 우주 만물이 아닌 인간일 수밖에 없다. 그런데 과연 이런 언어를 인생 속에서 버무리고 음미하며 사는 사람은 얼마나 될까? 각종 시험에 출제되는 기출 문제로 외운 사람은 많겠지만 이 말들이 주는 속뜻을 통찰해보려고 한 사람은 과연 얼마나 될까? 또 실천하며 사는 사람은 얼마나 될까?

이 글은 마음이 열린 사람이라면 누구나 쉽게 접할 수 있는 이야

기다. 이 글을 쓰기 전, 나에게는 보편적인 이야기들이 현실과 분리시켜야 하는 부적합한 것이었고 물질만능주의에 젖어 있는 내가 받아들이기에는 어려움이 있었다. 어려움의 실체는 진리를 외면해야 하는 현실적 괴리감으로 인한 외로움이었다. 이 외로움으로 숱한 나날을 고뇌했다. 무엇보다 힘들었던 것은 자연과의 교감이었고 잃어버린 동심 찾기였다. 순수하고 맑은 영혼을 세상의 때가 묻은 나에게 주입하기란 끝이 뭉툭한 송곳으로 나무를 뚫는 것처럼 어려웠다. 나는 오랫동안 자연의 소리를 듣기 위해 귀를 열고 인적 드문 곳을 산책했으며, 만으로 열 살이 된 둘째 아이의 마음을 훔치기 위해 소꿉놀이도 해야 했다. 산책을 할 때도 가능하면 둘째 아이와 동행했다. 그러던 어느 날, 나는 의도하지 않은 실수를 저질렀다. 무심코 내 다리를 기어오르는 개미를 손으로 쳐서 죽인 것이다. 습관에서 비롯된 아무런 죄의식 없는 행위였다. 나는 양심을 잃어버린 사람처럼 그 자리를 떠났다. 그런데 한참이 지나도 아이가 뒤따라오지 않았다. 그래서 다시 그 자리에 갔더니, 아이가 개미의 무덤을 만들어놓고 기도하고 있었다. 그때 아이가 한 말은 나를 더욱 부끄럽게 했다.

"아빠가 고의로 그런 게 아니니까 용서해줘."

나는 평소 아이에게 곤충을 함부로 죽이지 못하도록 교육했다. 순간 부끄러움에 아이 앞에서 고개를 들지 못했다. 이로 말미암아 나에게는 잃어버렸던 양심과 동심이 새순처럼 움트기 시작했다. 아이가 날 깨우고 새싹만한 동심도 찾게 해준 것이다. 그렇다고 동심 속에 살고 있다거나 자연과 완전히 동화되었다고는 말할 수 없다. 다만 노력하며 살 뿐이다.

이 글을 마칠 무렵, 소중한 사람이 작별 인사도 없이 저세상으로 갔다는 소식을 접했다. 처음에는 먹먹했다. 재차 들었을 때는 슬펐다. 세 번째 들었을 때는 생전의 그에게 해준 것이 없음에 대한 미안함과 작별 인사 없이 갔다는 것에 대한 서운함이 교차했다. 하지만 그의 영정 사진과 마주했을 때 결코 미안하거나 슬프지 않았다. 그가 이 세상에서 자기 할 일을 다 마치고 갔다는 것을 느낄 수 있었기 때문이다.

죽음은 인간으로 태어난 이상 결코 피할 수 없다. 인간의 힘으로는 도저히 거부할 수 없는 불가항력적인 것이다. 그러므로 우리는 죽음을 거부하기보다는 받아들이는 마음을 길러야 한다. 등교를 하면 하교를 하고, 출근을 하면 퇴근도 하듯 시작이 있으면 반드시 끝이 따른다. 그러나 영원한 끝은 없다. 왜냐하면 끝은 언제나 시작과 맞물려 있기 때문이다. 그렇기에 나는 사람의 죽음도 끝이라 생각하지 않는다. 다음 세상이 반드시 있다고 믿는다. 우리가 인생을 살면서 접할 수 있는 모든 이별, 그것은 끝이 아니라 제 할 일을 다 했음을 의미하는 것이고, 또 다른 시작을 의미하는 것이다.

덧붙여, 이 글에서 말하고 싶은 것은 종교의 통일성이다. 몇몇 등장인물의 이름을 종교적인 이름으로 붙인 것도 그런 맥락이다. 등장인물은 너와 나가 아닌 '우리'라는 끈으로 이어져 있다. 모든 신앙은 하나로 통한다. 그렇기에 하느님은 기독교에서만 통용되는 명칭이 아니다. 하느님은 특정 종교의 절대 신이 아니라 온 생명을 잉태하고 만들어내는 우주이자 자연이다.

이 글을 그의 영정 앞에 바친다. 출판사의 맥인 문이당과 인연을 맺게 해준 것도 그이의 뜻임을 나는 안다. 그가 평소 내게 주문했던 바람대로 내 글이 사람을 죽이는 글이 아닌 살리는 글이기를 소원한다. 아울러, 야인으로 살고 있던 나를 다시 세상으로 나오게 하고 소통하게 만들어준 문이당에 감사함을 전한다. 8년 만에 다시 대중과 만나게 된다는 사실이 나를 설레게 한다.

강원도 영월 주천 200년 한옥 조견당에서

오 광 진

| 차례 |

프롤로그

이 이야기를 하려면 나는 수십 년 전으로 돌아가야 한다. 어쩔 수 없이 이 이야기는 나의 기억에서 재생될 수밖에 없다. 그때의 일이 꿈이었거나, 사실이었거나 그런 것은 중요하지 않다. 그보다 더 중요한 것은, '이제는 해야 한다'라는 나의 의지이다. 왜냐하면 나는 그것에서 삶의 진리와 이상적인 삶이 무엇인지를 찾았기 때문이다. 진리라는 것은 삶에서 터득한 경험이 나에게 준 산물이다. 철학과 믿음 또한 자유의지에서 생성되고 고착되는 것이지 강요에 의해서 생기는 것은 아니다.

수많은 사람들이 오늘도 마음을 불편하게 만드는 불평, 불만, 증오, 분노, 시련, 좌절, 체념, 절망 등 자신을 황폐하게 만드는 감정 속에 살고 있다. 그 때문에 자신의 삶이 불행하다고 생각한다.

나 또한 내 인생이 불행하다고 여기던 때가 있었다. 시련 때문에 좌절을 겪었으며, 그 때문에 안 봐도 될 쓴맛도 보았다. '왜 나에게만 이런 절망이 오는가?'라고 생각하며 억울해했다. 그럴 때마다 나는 그것을 풀기 위해 세상은 물론, 나에게 모멸감과 시련을 준 대상을 찾아내어 반항도 했고 저주도 퍼부었다. 거기에는 나보다 운이 좋은 사람도 끼어 있었다. 그런데 나쁜 마음을 가질수록 풀리기는커녕 다 탄 재처럼 쓸쓸한 허무함이 나를 지배했다.

이 허무함은 나를 외로움으로 안개 속에서 헤매게 했고, 환멸을 가져와 나를 시나브로 파괴했다. 그건 내가 나를 무너뜨리려는 도발이었다. 그러나 이대로 무너지기에는 너무 억울했다. 억울함의 뿌리는 나에 대한 실망감과 더불어 무언가에 의해 조종당하는 느낌이었다. 실체의 '나'는 없고 무언가에 의해 이끌려 사는 '나'가 마치 진짜 '나'인 것처럼 살고 있다는 느낌이 들었다. 나를 막아서고 있는 그 정체가 무엇인지 알 수 없었다. 막연한 미로에 갇힌 느낌이었다. 내가 과연 놓치고 사는 것이 무엇인지, 잃어버린 것은 무엇인지, 무엇이 잘못되었기에 억울함과 외로움이 생기고 그 길을 찾을 수 있는 방법은 무엇인지 스스로에게 수없이 질문했다. 그 답을 찾기 위해 숱한 나날을 안개로 뒤덮인 미로에서 헤매면서 보냈다. 안개는 내가 파헤친 자리를 또 다른 안개로 다시 뒤덮을 뿐 명징한 그 무엇을 좀체 보여주지 않았다. 오히려 더한 갈증만 들게 했다. 그 갈증은 가증스럽게도 분노의 화신이 되어 나의 눈을 가리기도 하고 가끔씩 한시적인 휘발성 해갈을 주기도 했다. 그것은 우는 아이에게 사탕을 줬다가 빼앗는 것과 같았다. 마치 보이지 않는 존재가 나를 희롱하는 것 같았다. 그럴 때마다 또 다른 보이지 않는 존재가 나타나 미로에 서 있는 나를 독려했다. 그날도 나는 그 존재에 이끌려 무엇인가를 찾으려고 안개로 가려진 길을 헤집고 다녔다. 그러던 중 어디선가 예고 없는 환청 같은 것이 들려왔다. 그것은 물방울 소리처럼 경쾌했다.

"아저씨!"

나를 아저씨라고 부르는 아이는 열 살쯤 되어 보이는 소녀였으며, 자신을 천사라고 했다.

"아저씨!"

이제 대학을 갓 졸업한 나에게 들려온 아저씨라는 소리는 분명 내 주관적 현실과는 거리가 먼 소리였다. 그렇기에 그 소리는 환청이었다. 하지만 그 소리가 다시 들려왔을 때, 나는 귀를 의심하며 주위를 살펴보았다. 열 평 남짓한 공간에서 너무나 또렷하게 들려왔기 때문이다. 엄밀히 말하면 그 소리는 나의 귀로 들어온 게 아니라 온몸으로 스며들고 있었다.

"아저씨!"

소리가 들려온 곳은 창문 쪽이었고, 창가에는 이제 겨우 열 살쯤 되어 보이는 소녀가 웃는 얼굴로 앉아 있었다. 그 아이는 치자색 원피스를 입고 시린 달과 같은 눈을 깜빡이고 있었다. 지금도 기억하지만 소녀의 얼굴은 공기알이 톡톡 터지는 화창한 봄날 아침처럼 싱그러웠고 가을 들녘처럼 슬거웠으며 얼음 결정체처럼 경이로웠고 해맑았다.

"네가 날 불렀니?"

"응."

"여긴 어떻게 들어왔니?"

"어떻게 들어오긴, 여기 창문이 열려 있어서 들어왔지."

"뭐?"

어처구니가 없었다. 그때 내가 살던 곳은 3층에 있는 오피스텔이었기 때문이다.

"어른을 놀리면 안 돼. 여기는 언제 들어온 거니? 언제부터 이 방에 있었던 거야?"

"어른들은 참 이상해. 왜 같은 사람인데도 사람이 하는 말을 먼저 안 믿으려 하지? 하긴 나 같은 아이 말을 못 믿으니 어른 말은 더 못 믿을 수밖에. 궁금해? 그럼 날 믿겠다고 약속해."

참 당돌한 아이였다. 그런데 이상하게도 그 아이는 거짓말을 하고 있는 것 같지 않았다. 마치 맑은 물속에 제 모습을 모두 보여주고 있는 조약돌 같았다.

"이 녀석이! 꿀밤을 한 대 맞아야 제대로 말할래?"

"어른들은 참 이상해. 말도 아이들보다 잘하면서 말보다는 손으로 해결하려고 한단 말이야. 나는 진실을 말하고 있어. 만약 아저씨가 나에게 꿀밤을 한 대 먹이면 언젠가는 내 이마보다 아저씨 마음이 더 아프게 될 거야. 그러고 싶어? 그럼 어디 해봐!"

아이는 밉지 않은 얼굴로 이마를 들이대며 샐쭉거렸다. 천진난만했다.

"이 녀석 당돌한 것 좀 봐. 하하. 그래, 아저씨가 잘못했어. 아저씨가 잘못을 시인했으니 이제 네 차례야. 여긴 어떻게 들어온 거니?"

"저 봐! 내 말을 또 안 믿지. 내가 좀 전에 말했잖아? 창으로 들어왔다고!"

"이 녀석, 좋게 말하려고 했더니 안 되겠구나."

불과 몇 초 사이에 기분이 바뀐 것이다. 사람의 마음 변화는 이렇게 순식간에 바뀐다. 그때 나는 정말 화가 났다. 세상이 날 조롱하는 것 같아서 마음이 상해 있던 차에 어린아이까지 놀리는 것 같아 기어이 그 아이의 머리를 쥐어박았다. 그런데 아이는 울상은커녕 배시시 웃었다.

"이제 후련해? 하지만 아저씨는 곧 후회하게 될 거야. 아저씨, 오늘 면접관이 묻는 질문에 대답을 못해서 불합격했지?"

"……."

“그것 봐. 곧 후회할 거라고 했잖아?”

나는 그때 어느 기업체에 면접을 보러 갔다가 불합격의 고배를 마시고 돌아왔다. 수십 개나 되는 계열사와 중역들의 이름을 말해보라는 어처구니없는 면접관의 질문에 말문이 막혔다. 그건 초등학교 입학 예정인 어린아이에게 입학할 학교의 교훈이나 선생님들의 이름을 알아야 한다는 것과 같은 수준이었다. 이런 질문 때문에 불합격한 내 기분은 먹장구름을 뒤집어쓰고 있는 것처럼 우울했다.

“네가 그걸 어떻게 알았지?”

“궁금해? 그러면 먼저 사과부터 해.”

“그래. 아저씨가 미안하다. 이제 사과했으니 너는 누군지, 여긴 어떻게 들어왔는지, 내가 면접에 떨어졌다는 걸 어떻게 알았는지 말해봐.”

“이건 반성하는 사람의 태도가 아니야. 사과는 진심으로 해야 상대방의 가슴까지 전달된대. 내 가슴에 아무런 신호가 없는 걸 보면 아저씨 마음은 진실하지 않아. 하지만 오늘 아저씨와 내가 처음 만나는 날이니 그냥 넘어가줄게. 나는 천사고, 여기 창을 통해서 들어왔고, 아까 아저씨가 들어올 때부터 있었어. 아저씨가 면접에 떨어진 사실을 알게 된 건, 아저씨의 마음이 나에게 전달되었기 때문이야. 그래도 아저씨는 믿지 못하겠지만 이 모든 건 사실이야.”

아이의 말은 제법 진지했다. 나는 아무 말 없이 아이를 물끄러미 쳐다보고만 있었다.

"아저씨, 눈에 보이는 것만 진실이 있다고 생각해?"

"그래야 신뢰할 수 있지."

"보이는 것만이 진실이라면 눈먼 어머니가 제 자식이 죽었을 때 어떻게 자신의 자식인 줄 알고 슬퍼할 수가 있겠어? 그건 마음으로 보는 거래. 아저씬 마음이 눈에 보여? 안 보이지만 느낌으로 알 수 있기 때문에 사랑은 눈으로 하는 게 아니고 가슴으로 하는 거잖아?"

나는 아이의 말에 할 말이 없었다. 참 묘한 아이였다. 나는 그 마력에 끌려 아이의 마음속으로 시나브로 들어가고 있었다.

"그건 그렇고. 네가 천사라고? 아무리 천사라고 해도 이렇게 무단침입을 해도 되니?"

"헤헤, 천사니까."

"이 녀석이 한 대 더 맞아야 정신을 차리겠구나!"

"잠깐, 아저씨. 그러다 또 후회하게 될 거야!"

그로부터 십수 년이 지나 나는 아이의 말이 맞았다는 걸 알게 되었다. 나는 내 자신을 못 보고 믿지 못했다는 것을 알게 되었다. 그 아이는 바로 내 분신 같은 존재였다. 그러나 나는 그때 그것을 못 보고 그 아이에게 꿀밤을 한 대 더 먹이고 말았다. 그럼에도 아이는 그저 배시시 웃을 뿐이었다.

"이 녀석이 또 웃네. 그래, 웃으렴. 우는 것보다 웃는 게 더 낫지.

아저씨가 면접에 떨어졌다는 것을 안다니까 아저씨 기분이 지금 어떻다는 것도 알겠구나. 그럼 이제 네 집으로 돌아가.”

“여기가 우리 집인데 가긴 어딜 가?”

“지금 너와 농담할 기분이 아니란다. 자꾸 그러면 정말 화낼지도 몰라. 부모님이 걱정하시니까 어서 돌아가.”

“아저씨는 왜 그렇게 사람을 못 믿어? 나는 오늘 아저씨와 갈 데가 있단 말이야.”

“이 녀석 보게, 오냐오냐하니까 점점 더하네. 우리가 갈 곳이 어딘데?”

“그런데 아저씨는 내 이름이 궁금하지 않아?”

“좀 전에 누구냐고 물어봤을 때 대답을 안한 건 너야! 그래, 이름이 뭐니?”

“가브리엘!”

“하느님의 말씀을 전하는 그 가브리엘?”

“응.”

“이 녀석이 점점! 네가 가브리엘이면 나는 하느님이다. 휴우, 너 같은 어린아이하고 싸우고 있는 내가 한심해. 가브리엘, 갈 데가 어디니? 너 혹시, 집에 혼자 가기 무서우니까 아저씨한테 데려다달라고 하는 거 아냐?”

“에잇, 아저씨도 참! 내가 3층 높이 창문으로 들어왔는데 혼자 다니는 걸 무서워하겠어? 함부로 넘겨짚지 마. 그건 마음을 혼란스럽게 해서 진실을 못 보게 하고 위험에 빠지게 한다고. 우린 여행을 할 거야. 아저씨 마음과 그 속에 찌든 먼지를 닦고 그 자리에 있던 것을 다시 찾아 채우기 위한 여행 말이야. 그러기 위해선 아저씨의 마음에 무엇이 있는지 봐야 해."

나는 어이가 없어 헛웃음을 지었다. 가브리엘은 이미 나의 손을 잡고 방문을 나서고 있었다. 그 순간, 가브리엘의 손에서 전해지는 온기는 나의 혈관을 타고 흘러 머리와 눈에 청량감을 주었고, 해갈의 물방울을 머금고 심장으로 흘러들어 메마른 내 심장을 뛰게 했다. 내 앞에 펼쳐진 세상은 분명 현실과 달랐지만 그렇다고 부정할 수도 없었다.

1

나의 가치는 감사함에 있다

가브리엘이 나를 데리고 온 곳은 고요함과 드높은 거송들이 어우러진 숲 속이었다. 고요 속에 잠긴 숲 속은 일정하게 들리는 맑은 목탁 소리만 들려올 뿐 소음 한 점 들리지 않았다. 목탁 소리는 마치 숲의 심장 소리와 같았다.

"여긴 어디니? 목탁 소리가 들리는 걸 보니 근처에 절이 있는 듯하구나."

"맞아. 이 숲 속에 절이 있어. 이 소나무 숲은 수림지라 불러."

"날 왜 여기로 데리고 왔니?"

"아저씨의 마음을 보여주기 위해서."

"그게 무슨 말이야?"

“주위를 둘러봐.”

나는 가브리엘의 말대로 주위를 둘러보았다. 아름드리 소나무들이 즐비해 있었다. 금강송인 이 소나무들은 목재용으로 제격일 것 같다는 생각이 들었다. 이것만 팔아도 한몫 쥘 것 같은 생각이 들었다.

“제법 굵은 소나무가 많은 곳이구나.”

체념 섞인 무성의한 말이었다.

“그뿐이야?”

“뭐, 그것 말고는 특이한 점이 없는데.”

“하늘을 올려다봐.”

하늘을 올려다보니 무척 파랬다. 울창한 소나무들은 하늘을 향해 달리기라도 하듯 솟구쳐 있었다. 마치 용 비늘로 뒤덮인 비대한 대나무 숲을 보는 듯했다. 하늘로 힘차게 뻗은 거송들의 끝자락은 하늘과 맞닿아 있었다. 그러나 나는 아무런 감동도 받지 못했다. 나에겐 그런 감동을 받아들일 만큼 심적인 여유가 없었다.

“소나무가 제법 크구나. 끝을 가늠할 수 없을 만큼.”

좀 전과 별다를 바 없는 소견이었다. 내 말에는 약간의 언어적 표현만 다를 뿐 별다른 감정은 실리지 않았다.

“대단하지 않아?”

“대단해야 하니?”

“아저씨는 감정이 메말랐어. 이 정도 되려면 족히 2백 년 가까이 되어야 한다던데, 아저씨 나이보다 몇 배나 오래 산 소나무를 보고 아무것도 느끼지 못하다니!"

"그걸 말하려고 날 여기로 데려온 거야?"

"아저씨의 마음을 보여주려고 왔다니까."

"네 눈엔 내가 그렇게 한가한 사람으로 보이니? 나는 한시가 아까운 사람이란다. 이렇게 한가하게 놀러 다닐 시간이 없으니 이만 돌아가는 게 좋을 것 같구나."

그러나 가브리엘은 내 말에 아랑곳하지 않고 여전히 소나무 군락지에 감동 어린 눈길을 보내고 있었다.

"이 소나무들은 하늘에 닿으려고 수백 년 동안 변함없이 자기를 수련하고 있대."

"그게 나와 무슨 상관이니?"

"아저씨 다시 한 번 잘 봐. 분명 특이한 점을 발견할 수 있을 거야. 그건 관심을 기울여야 보여."

"나는 그렇게 한가하지 않아."

"아저씨, 소나무는 자라면서 자기 가지를 잘라낸대. 그래서 소나무 아래에는 가지가 없어."

"그게 나와 무슨 상관이냐고?"

"만약 소나무가 다른 나무처럼 가지를 잘라내지 않고 자랐다면 이 숲 속은 아마 습한 밀림이 되어 숨도 제대로 쉴 수 없었을 거야. 나무와 나무 사이의 공간이 숨길이잖아? 그렇게 되었다면 숲 속에서 살 수밖에 없는 다른 생물들이 사라졌겠지?"

"대체 무슨 말을 하고 싶은 거니? 숲 속의 질서? 양보의 미덕? 아님 무욕? 그것도 아니면 나보다 오래 묵은 소나무 앞에서 겸허함을 배우라는 거니?"

"소나무엔 아저씨가 말한 모든 것들이 담겨 있는 것 같아. 스스로 불필요한 가지를 자르면서 스스로 강하게 만들지. 그건 숲 속의 강자로 으스대며 살겠다는 뻔뻔함이 아니라 자신을 키우며 살겠다는 각오 아닐까? 소나무는 사람을 위해서 존재하는 나무라는 생각이 들어. 스스로 잘라낸 가지 또한 사람에겐 땔감으로 쓰이니까. 소나무는 정말 사람을 위해서 존재하는 나무 같아. 아저씨는 그런 생각 안 들어?"

"넌 어린아이답지 않게 너무 심오한 말을 하는구나."

"관심을 갖고 보면 자연스럽게 보이는데 뭐."

"어른들은 그런 사소한 일에 관심을 쏟을 만큼 여유롭지 않단다."

"이렇게 감동적인 걸 사소한 것이라고 하다니, 어른들 세상엔 이것보다 더 감동스러운 일이 있나 봐?"

"넌 참 순수한 아이구나. 이렇게 생각하렴. 아이들의 세상과 어른들의 세상이 달라서 그런 거라고."

"세상이 다른 것이 아니라 보는 눈이 다른 건 아니고? 아저씨와 나는 지금 같은 것을 보는데 느낌은 다르잖아?”

“그렇다고 같아야 할 이유도 없단다.”

“그래? 그럼 다른 곳으로 가보자.”

“나는 그렇게 한가하지 않다고 했잖아!”

가브리엘은 내 말에 아랑곳하지 않고 이미 저만치 앞서 가고 있었다. 나는 내 의지와 상관없이 따라가야만 하는 처지가 되었다. 나는 내키지 않는 발걸음을 떼기 시작했다. 사람의 발걸음은 자기 마음의 무게만큼 근량이 정해진다. 내 발걸음의 무게는 거부감이 실려 무거웠다. 그때 하늘에서 낯선 목소리가 들려와 겨우 한 발짝 떼던 내 발걸음을 멈추게 했다. 목소리의 주인공은 황금빛 용 비늘을 가지고 있는 소나무였다.

소나무는 자신을 정1품 소나무라고 소개했다. 길게 뻗은 소나무 하단에는 하얀색 페인트로 정1품이라고 쓰여 있었다. 그 표식은 마치 개선장군처럼 위풍당당해 보였다. 소나무 군락 중 이 소나무가 으뜸이라는 것을 상징하는 것이다. 그만큼 훌륭한 목재라는 의미이고, 상품적 가치로는 상당하다는 소리다. 이 소나무를 바라보는 내내 ‘소나무의 가격은 과연 얼마나 될까?’였다. 그때 소나무는 나의 주판알 튕기는 소리를 읽은 듯 조용히 물었다.

“나는 가격이 얼마나 될 것 같니?”

이 말을 들었을 때 나는 흠칫 놀라며 당황했다.

"글쎄? 나는 장사꾼이 아니라서 나무의 가격은 잘 몰라. 너 정도면 큰돈을 받을 거야. 너는 관상용으로 빼어난 자태를 가지고 있지만 목재용으로도 더없이 훌륭한 가치가 있어. 넌 나무 전문가들이 인정한 정1품 소나무니까. 나는 네 주인이 참 부럽단다."

"왜?"

"너 같은 소나무를 많이 가지고 있으니까."

이 말을 나는 제법 진지하게 했다. 내 말을 들은 소나무는 가지가 휘어져라 웃었다.

"하하하! 넌 참 재미있는 상상을 하는 인간이구나."

"무슨 소리지?"

"나에게 왜 주인이 있을 거라 생각하지?"

"이 산의 소유주가 너희 주인이잖아?"

"그래? 네 말대로라면 우리 주인은 네가 생각한 것보다 훨씬 많은 재산을 가진 엄청난 부자일 거야. 우린 해마다 바람의 도움으로 송홧가루를 날리고 씨앗도 온 대지에 퍼지게 하거든. 또 그 씨앗이 자라 더 멀리 씨앗을 보내는데 그것은 이 산에 사는 우리에게서 나온 것이니 엄밀히 말하면 우리 주인 것이지."

"그건 말도 안 돼!"

"그래, 맞아. 애초에 그건 말도 안 되는 소리였어. 너는 왜 우리에게 주인이 있을 거라 생각하고 우리의 가치를 상품처럼 생각해 평가

하지?”

“그것이 이 시대가 요구하는 가치 기준이니까.”

“그래? 그러면 너는 얼마니?”

“나?”

“그래. 너는 너의 가치를 얼마로 생각해?”

나는 그때까지 나의 가치에 대해 진지하게 생각해본 적이 없었다. 다만 알량한 자존심만 뾰족하게 세우고 있을 뿐이었다. 정말 나의 가치는 얼마일까? 나는 시대의 요구에 부응하려고 대학을 나왔고, 몇 벌의 옷과 초등학교 5학년 때 받은 우등상장과 개근상……. 더 이상은 기억나지 않았다. 특별히 잘하는 것 또한 없었다. 이것이 내가 내세울 수 있는 전부인 듯했다. 그러나 그중에 이 시대에서 요구하는 게 있다면 대학 졸업장일 것이다. 결국 나는 이 대학 졸업장 하나로 평가되는 것이다. 생각이 거기에 머물자 왠지 서글퍼졌다. 내가 말을 잇지 못하자 소나무는 재차 물었다.

“왜 말을 못하니? 너도 너의 가치를 정확히 모르는구나. 그래서 나는 네가 불쌍하다는 생각이 들어.”

“왜? 내 가치가 형편없어서?”

“인간의 머리와 눈으로 나의 생각을 넘겨짚지 마. 우리는 있는 그 대로를 보여줄 뿐 그런 잣대는 없어. 카멜레온처럼 변신하는 재주도 없어. 우린 누굴 속일 줄도 몰라. 그렇기에 너희를 팔아버릴 생각도 하지 않아. 이런 우리를 너희가 가져가서 땔감으로 쓰든 집을 짓든 아무런 불만도 갖지 않아. 그런데도 너희는 너희 세상의 잣대로 우리를 평가하려고 들잖아? 우리는 그냥 너희가 보는 것처럼 가만히 있을 뿐이야. 너희가 내 눈엔 불쌍하게 보여.”

“그렇다면 오히려 화를 내야 정상 아니야? 너희를 무시하고 있는 거니까.”

“너의 기준에선 화를 내야 하는 게 정상일 거야. 그래, 맞아. 이런 우리를 너희는 기만하고 있는 거야. 그 기만이 오만으로 변해 너희가 우리의 주인처럼 행세하지. 그래서 불쌍한 거야. 너희는 지금 착각하고 있지만 그게 착각인지 모르고 살고 있으니까.”

“직접적으로 말해. 너의 말은 상대를 어지럽게 만들고 조롱하는 것으로 들려. 네가 말하는 착각이 뭐니?”

“너희가 우리 주인이 될 수 없다는 것은 영원불멸의 법칙이야. 우리가 너희에게 주는 건 베푸는 것이지 복종이 아니야. 너희가 우리를 마음대로 하는 것 같아도 너희는 우리가 없으면 살아가지 못해. 우린 너희를 숨쉬게 하고, 의식주에 필요한 모든 것을 제공하지. 우리가 없으면 너희가 살아갈 수 있을 것 같아? 우리가 없는 세상은 어떤 세상일 것 같니?”

나무와 풀이 없는 세상을 한 번도 생각해보지 못했다. 나무 한 그루 없는 산과 풀 한 포기 없는 삭막한 들판을 상상하니 끔찍했다.

"우리는 너희에게 온몸을 내주고 있어. 그런데 너희는 우리에게 무엇을 하고 있지? 고작 우리를 상품으로 취급하며 가격을 매길 뿐이야. 너희가 우리에게 가장 크게 베푸는 것은 우리를 보고 감탄하는 것뿐이야. 인간이 우리를 위해 할 수 있는 것은 아무것도 없어. 너희는 우리를 감탄하게 만들 수 있니?"

사람은 나무를 보고 감탄한다. 그렇다면 나무는 우리를 보고 감탄할까? 나무는 인간에게 어떤 감탄사를 보낼까? 그러나 애석하게도 나는 나무를 감탄시키는 방법을 모른다.

"나는 널 감탄시킬 수 있는 방법을 몰라. 그렇지만 우리는 매년 너희를 해충으로부터 구제해주기 위해 방역하고 너희가 병들면 주사도 주잖아?"

"그러는 것이 우리를 사랑해서야, 아니면 너희가 살기 위해서야?"

"공생하기 위해서지."

"공생? 그 말은 변명처럼 들리는데? 너희는 우리가 없으면 죽을 테니까."

"아니야. 나는 너희를 최대한 배려해서 한 말이야."

"너희는 만물의 영장이라고 생각하지?"

"그래. 너희는 죽어가는 자신을 살릴 수 있니? 너희에겐 그럴 능력이 없단다. 그렇기에 인간이 만물의 영장일 수밖에 없는 거야."

"지나친 우월주의는 교만을 낳고 주변을 못 보게 해. 죽어가는 우리를 살리는 것이 너희의 능력임에는 틀림없어. 창의력이 있다는 것도 높이 사. 그렇지만 그 쓰임새 역시 결국 너희를 위해서야. 너희는 우리가 없으면 죽을 테니까."

"너의 생각은 너무 편협해. 인간이 부럽다면 부럽다고 해."

"100년도 살지 못하는 너희를 내가 왜 부러워해야 해?"

"냉정하게 말해서 너는 수백 년 동안 한곳에만 붙박이처럼 살고 있으니 답답하잖아?"

"너는 마치 나무가 되어 본 것처럼 말하고 있구나. 그런데 어쩌지? 나는 그렇지 않아. 믿지 않을 테지만 나는 이대로 만족해. 왜냐하면 내 의지대로 될 수 없는 것에 마음을 쓴다는 건 날 상하게 한다는 걸 알기 때문이야. 나는 주어진 대로 살고 있고 이것이 내 몫임을 알고 있어. 너희가 내 가지를 가져가도 나는 아무렇지도 않아."

"거짓말 마. 너는 지금 네 마음을 속이고 있어. 자기 것을 가져가는 데 아무렇지도 않다는 건 널 위로하기 위한 변명일 뿐이야!"

"거짓말을 한 건 너야. 아까 공생이라고 했지? 공생이란, 서로 나누어서 이로움을 주는 삶이잖아? 넌 우리를 보고 감탄보다 상품으로 먼저 생각했잖아? 우리의 몸에서 떨어져 나간 것들은 거름이 되고, 너희를 따뜻하게 만들어. 이게 공생이야. 그런데 너희 몸에서 떨어져 나간 것은 아무 곳에도 쓸 데가 없어."

이 말을 들었을 때 나는 순간 착각을 해서 반박을 할 뻔했다. 배출과 배설을 떨어져 나가는 것과 같은 맥락으로 생각했던 것이다. 우리 몸에서 떨어져 나가는 것들은 머리카락이나 귀지, 죽은 세포처럼 사람이 건드리지 않아도 일정 시간이 지나면 자연히 떨어져 나가는 것들이다. 배출과 배설은 사람의 행위를 통해 행해지는 것이다. 그렇기에 그것은 떨어져 나가는 게 아니라 내보내는 것이다. 나는 정1품 소나무의 말에 할 말이 없었다.

"베푼다는 것이 무엇인지 아니? 그건 감사야. 감사하는 마음이 들어야 사랑하는 마음이 생겨. 그건 인간이 자연보다 우월하다는 고정관념을 뽑아버리고 그 자리에 나무를 심는 거야. 그것이 인간이 공생할 수 있는 최선의 방법이야. 너희가 자연을 감탄하게 만들 수 있는 방법은 오직 한 가지야. 그건 우리가 살 수 있는 산을 만드는 거란다. 그러나 너희는 산을 만들지 못해. 기껏 할 수 있는 일은 이 산에 있는 나무, 바위, 흙을 덜어서 옮겨놓는 것뿐이고, 바위와 비슷한 구조물을 만들어 흉내만 낼 뿐이야. 이래도 너희가 우리의 주인이라고 생각하니? 너희의 착오는 외모에 눈이 멀어서 정작 중요한 것을 못 보는 데서 오는 거야. 나무의 진정한 가치는 외형이 아니라 산소를 만들어내고 있는 거야."

나와 소나무의 대화는 여기서 끝났다. 나는 더 이상 아무 말도 할 수 없었다. 대화에서 남은 것은 작아진 내 자신뿐이었다.

2

거울

소나무와 헤어진 후 가브리엘과 걸음을 멈춘 곳은 보는 것만으로도 눈이 시릴 만큼 시원한 계곡이었다. 그 계곡은 거송들의 군락지인 수림지를 벗어난 지 얼마 되지 않아 나타났다. 계곡의 물이 맑아 돌이끼도 보이지 않았다. 나는 어린아이처럼 바지를 걷고 첨벙 들어가 시원함을 느꼈다. 그리고 불과 몇 분 전에 느꼈던 궁핍한 처지를 잊게 되었다.

"아저씨, 시원해?"

"그래. 너도 들어와보렴. 물이 어찌나 맑은지 마치 거울처럼 내 모습을 비춰준다."

가브리엘은 물가에서 청량감을 즐기는 나를 지켜보고만 있었다.

“아저씨, 고맙다는 생각은 안 들어?”

“고맙다니? 누구한테 그런 마음이 생겨야 하는데? 너한테?”

“아니, 그 물 주인한테.”

“주인이 누군데?”

“자연.”

“하하하.”

나는 그만 실소를 터뜨리고 말았다. 가브리엘 말이 나에게는 낯설기도 하고, 코미디 프로에서나 볼 수 있는 말처럼 들려왔기 때문이다.

“아저씨는 그게 웃겨?”

“아니, 안 웃겨. 하하.”

세상 물정 모르고 동화 속에서 사는 가브리엘이 귀여웠다.

“아저씨 밑을 봐.”

“으헉!”

나는 그 자리에서 기겁을 하고 나와야 했다. 조금 전까지만 해도 맑고 청량했던 계곡물이 먹물로 바뀌어 있었던 것이다.

“이게 어찌 된 일이니?”

“저 산이 그렇게 만든 거야.”

“뭐라고?”

“불쾌하고 무섭지? 그렇게 불쾌하고 무서워할 줄은 알면서 왜 맑은 물을 준 저 산엔 고마워할 줄 모르는 거지?”

“그건……."

나는 달리 할 말이 없었다. 사람이란 상황에 따라 사고가 변하기 때문이다. 적어도 다른 사람의 입장이 되어보려는 너그러움은 없었다.

“자연은 우리에게 한없이 베풀기만 하는데 사람은 왜 그걸 잘 모르는 걸까?”

가브리엘이 말하는 동안 먹물로 변했던 계곡물은 다시 원래대로 돌아왔다. 나 또한 놀란 가슴이 차츰 진정되고 있었다.

“그건 모르는 게 아니라 신경 쓸 여유가 없는 거야. 다른 것만으로도 어른들의 머리는 터지기 일보 직전이거든.”

“왜?”

“그건 이다음에 너도 어른이 되면 자연스럽게 알게 되겠지만, 사람은 자라면서 사고하는 게 달라지고 생활 방식도 달라진단다. 단조로운 생활에서 복잡한 생활로 변하게 되지.”

“그럼 어른이 된다는 건 복잡해지는 거네?”

“뭐, 아니라고 할 수 없지.”

“어른들의 머리와 마음을 복잡하게 만드는 건 무엇일까?”

가브리엘은 제법 심각한 얼굴을 하고 있었다. 그 모습이 나에겐 귀여우면서도 대견하게 보였다. 어른들의 마음을 조금이라도 이해하기 위한 기특한 모습이었다.

"어른으로서 살아가는 데 필요한 것들이지. 가브리엘 같은 어린아이들에게 어떻게 하면 더 맛있는 음식을 만들어줄까, 하는 것들."

"그런 마음이면 아주 예쁜 마음이네. 그러면서 왜 정작 고마워해야 할 것들을 무시하는 거지?"

또랑또랑하게 말하는 가브리엘의 눈은 초롱초롱하게 빛나고 있었다. 그 모습을 보니, 내 머릿속에는 '나도 저런 시절이 있었는데……' 하는 생각이 들었다. 이것이 어른인 내가 할 수 있는 최선이었으며, 그게 무엇이든 가브리엘의 순수함을 내 사고로 덧칠하고 싶지는 않았다. 어차피 그것은 아이가 자라면서 자연스럽게 알게 되고 시대와 사회 흐름에 맞춰 살게 될 것이다.

"그래, 너는 언제까지나 그런 마음으로 자라거라."

나의 말은 지극히 너그러웠으며 진심이었다. 그러나 가브리엘은 나의 이런 마음을 무색하게 만들어버렸다. 순간 좀 전까지 가지고 있었던 너그러운 마음이 사라졌다.

"왜 아저씨는 이런 마음으로 크질 못했는데?"

가끔씩 아이들은 어른들을 짜증나게 할 때가 있다. 바로 이런 경우다. 아이들은 끊임없이 물어온다.

"그만해! 넌 그냥 어른이 하라면 하면 되는 거야. 어른들은 너희보다 나이도 많아. 나이가 많다는 것은 너희 세상을 두루 다 거쳐 왔다는 말이기도 해."

아이들이 어른들을 무서워하는 이유는 단순하다. 힘이 세기 때문이고 무서운 인상을 쓸 줄 알아서다. 그러나 가브리엘은 성낸 나를 무안하게 할 만큼 너무도 태연했다.

"그러면 아저씨, 저 바위산에 있는 숨은 그림도 찾을 수 있겠네? 아저씨는 나보다 나이도 많으니까."

"넌 내가 안 무섭니?"

"아니, 무서워."

"그런데 어떻게 그렇게 태연할 수가 있지?"

"그건 밤이 더 무섭기 때문이야."

"하긴 너만할 때는 밤이 무섭기도 하지. 어른인 나도 가끔 밤이 무섭긴 해."

"아저씨도 밤이 무서우면서 왜 어른들은 밤을 자꾸 만들려고 하는지 모르겠어."

"그건 또 무슨 말이니?"

"그냥 어른들을 보면 자꾸 밤이 생각나서 그래. 진짜 밤!"

나는 그때 가브리엘이 나의 화를 보고 밤이라는 표현을 쓰고 있는 줄 알았다. 하지만 이것은 나만의 생각이었다는 것을 훗날 알게 되었다.

"진짜 밤? 우리가 잠자는 밤이 아니라? 아, 내가 너를 무섭게 했나 보구나. 앞으론 화를 안 내도록 하마. 약속해!"

"응, 꼭 그렇게 해줘."

"그래, 약속해. 약속한 증표로 너에게 저 산에 숨어 있는 그림을 찾아서 보여줄게. 근데 저 산에 뭐가 숨어 있다는 거니?"

가브리엘이 가리킨 산은 적멸보궁이 있는 사자산 암벽이었다. 암벽은 적멸보궁 뒤에 병풍처럼 자리해 있었다.

"사람들은 저 바위를 부처바위라고 부른대. 저 바위산 어딘가에 부처님 세 분이 숨어 있는데, 마음이 트여 있고 진실한 사람만 볼 수 있대."

"세 분의 부처님이라!"

나는 가브리엘에게 보란 듯이 보여주고 싶었지만 쉽게 찾을 수 없었다. 호언장담한 지 10분이 지났는데도 나는 단 하나도 찾을 수 없었다. 내가 꼭 찾고 싶었던 이유는, 가브리엘이 가지고 있는 어른들에 대한 선입견을 벗겨주고 싶어서였다. 그러나 유감스럽게도 찾지 못했다.

"찾았어?"

"비슷하게 생긴 형상들은 몇 개 보이는구나."

나는 이 정도로 얼버무릴 수밖에 없었다.

"나는 너무도 선명하게 보이는걸."

"뭐? 보인다고?"

“응.”

“어디 있는데?”

“저기 있잖아!”

가브리엘이 가리킨 쪽은 바위산 중턱 쪽이었지만 내 눈엔 그저 바위산의 일부일 뿐이었다. 나는 억지로라도 그것을 보려고 눈을 크게 뜨거나 미간을 좁혀 눈을 가늘게 해서 보려고 했지만 보이지 않았다. 그런 나의 노력이 가상한지 가브리엘은 나를 위로했다.

“아저씨, 괜찮아. 어른은 못 보고 아이의 눈에 잘 보이는 것이 있듯이, 아이의 눈에 잘 안 보이는 것이 어른 눈엔 잘 보이는 것도 있잖아?”

“그게 뭔데?”

“아저씨가 좋아하는 것. 소나무의 가격 같은 것.”

“그렇다면 어른들 눈에 잘 안 보이는 것은 뭐가 있지?”

“아저씨는 방금 전에 안 보이는 것을 봤어.”

“내가 방금 전에 무엇을 봤는데?”

“먹물!”

“먹물? 조금 전에 계곡물이 변한 그 먹물?”

“응.”

“그게 뭐?”

“그게 지금의 아저씨 모습이야. 아저씨 속마음이 검게 물들어서 계곡물이 검게 변했던 거야. 우리는 그 누구의 삶도 대신 살 수 없어. 다만 상대에게 거울이 되어줄 뿐이야. 계곡물도 지금 아저씨 모습을 비춰준 거야. 지금 아저씨는 소중한 것을 못 보는 눈을 가졌고, 감사하는 마음도 없어. 그건 아저씨 마음이 지금 너무 깜깜해서 볼 수 없는 거야."

3

금나라의 돌

가브리엘과 내가 다음으로 간 곳은 나를 매료시키기 충분한 나라였다. 내가 눈으로 볼 수 있는 색의 대부분은 번쩍이는 누런색이었으며 내가 받아들이고 있는 빛 또한 번쩍이는 황금빛이었다. 내 마음은 황홀경으로 가득 차 있었다. 사방을 둘러봐도 온통 황금빛으로 가득한 나라였다. 집이며 그 집을 두르고 있는 담장이며 도로 위를 달리는 자동차까지 금으로 만들어져 있었다. 나무에 열린 과일까지 황금이었다. 이 열매를 보자 그리스 신화에서 읽은 헤스페리데스 낙원의 황금 능금 열매가 생각났다. 이곳에 있는 사람 역시 나와 같은 옷을 입고, 나와 같은 언어를 사용하고 있었다.

"여긴 어디니? 내가 어떻게 여길 오게 된 거지?"

"그걸 왜 나한테 물어? 아저씨가 늘 꿈꾸던 세상이잖아?"

"그건 그렇지만 믿을 수 없어서 그래."

"지금 행복해?"

가브리엘은 내가 황홀경에 젖어 입을 다물지 못하자 측은한 듯 바라보며 물었다.

"가브리엘, 너는 행복하지 않아? 여기 봐, 온통 황금이야. 하하!"

"그럼 아저씨는 이 나라에서 영원히 살고 싶겠네?"

"그걸 말이라고 해? 이런 나라에서 살고 싶지 않은 사람은 아마 한 명도 없을걸."

나는 들떠 있었다.

"아저씨는 왜 이 나라에서 살고 싶어?"

"그걸 몰라서 물어? 넌 아직 어린아이라 모르겠구나. 그럼 이렇게 상상해봐. 온통 장난감으로 둘러싸인 나라. 어때, 기분이 날아갈 것 같지? 내가 바로 그런 기분이라고. 어른들 세상에서의 금은 절대 화폐란다. 다시 말해 지구가 멸망하지 않는 한 영원한 돈이고, 종이돈보다 더 귀한 돈이야. 여긴 온통 금이잖아? 금덩이 몇 개면 집도 사고, 차도 사고, 평생 일을 안 하고도 잘 먹고 잘살 수 있단다. 부자가 되는 거라고. 하하하!"

이 말을 들은 가브리엘은 반응이 없었다. 여전히 나를 동정하는 눈빛으로 바라보고 있을 뿐이었다. 나 또한 그런 가브리엘의 표정엔

별 관심이 없었다. 설령 가브리엘이 울고 있다고 해도 나는 신경 쓰지 않았을 것이다. 이 황홀경은 그 어떤 불행이 닥쳐도 굴복하지 않을 만한 것이었다.

"가지고 가도 될까?"

여전히 나는 가브리엘의 기분 따위엔 아무런 관심이 없었다.

"응. 주위를 둘러봐, 이 많은 사람이 길거리에 이렇게 금덩이가 널렸는데도 아저씨처럼 감동하진 않잖아? 그런데 아저씨, 사람의 눈을 멀게 하는 것은 질병만이 아닌 것 같아."

나는 그곳에 너무 도취된 나머지 가브리엘의 말을 다 알아듣지 못했다. 들은 거라곤, 그곳 사람이 나처럼 금을 보고도 감동하지 않고 있다는 말뿐이었다. 그 다음 말은 관심조차 없었다. 정말 이상한 일이었다. 가브리엘의 말처럼 그들은 금에는 별 관심이 없어 보였다.

"그러게, 이 사람들은 금에 별 관심이 없구나."

"아저씨 눈엔 정말 그렇게 보이나 봐?"

"너는 그렇게 보이지 않니?"

"나는 그냥 땅과 같이 사는 농부들처럼 보이는걸."

"넌 참 별난 눈을 가졌구나."

"아저씨가 별난 눈을 가진 건 아니고? 여기 사람들은 아저씨처럼 감동하지 않잖아?"

"너무 흔해서 그런 거겠지. 너무 흔하면 관심이 없어지거든."

“그럴까? 저길 봐, 금나무가 이렇게 흔한데도 어떤 사람은 금나무에 물을 주고 있고 또 어떤 사람은 금나무 벌레를 잡아주거나 금나무를 치료하고 있잖아?”

“그렇구나. 저 사람들은 왜 사서 고생을 하고 있는지 모르겠구나.”

“그러게, 왜 그럴까?”

“아마도 저들은 가로수를 관리하는 공무원일 거야. 우리나라에도 그런 공무원들이 있잖아?”

“공무원처럼 보이진 않아. 그냥 평범한 시민 같은걸? 거리를 다니는 사람도 금나무에서 벌레를 잡아주면서 가잖아?”

“그럼 뭐 시민 의식이 투철한 사람이겠지.”

나는 이 말을 너무도 무심히 했다. 솔직히 그들이 이해되지 않았다. 그것보다도 나는 금에만 신경이 쏠려 있었다. 황금에 눈이 멀면 주위를 못 본다는 말과 본인의 추함도 보질 못한다는 것을 그때 알았다.

“아저씨, 여기 있는 금을 가지고 가고 싶어?”

“당연하지! 근데 정말 이거 가지고 가도 될까? 도둑질이잖아?”

“도둑질은 아니야. 여기 푯말에 이렇게 쓰여 있잖아?”

‘꼭 필요한 양만 가지고 가시오.’

“그렇구나! 금을 나눠주다니, 인심이 참 후한 나라구나.”

“아저씨도 가져가고 싶으면 여기 담아서 가져가.”

가브리엘은 등에 메고 있던 가방에서 자루 하나를 꺼내 내게 건넸다. 자루를 받아 든 나는 얼른 금을 주워 담았다. 나만의 판단과 선택으로 여기저기에 널린 주먹만한 금덩이들을 주워 담기 시작했다. 또 금나무에 달린 능금처럼 생긴 금열매도 마구 따서 자루에 가득 담았다. 부자가 된다는 사실이 나를 기쁘게 했다. 나는 자루에 금을 가득 채웠다. 하지만 너무 무거워 들지 못했다. 어쩔 수 없이 덜어내야 하는 상황이 벌어진 것이다. 나는 조금씩 덜기 시작했다. 그러는 동안 가브리엘은 나를 물끄러미 지켜보고만 있었다. 지나가는 사람들도 날 이상한 사람처럼 보았다. 나는 그들의 시선에 아랑곳하지 않았다. 그것에 신경 쓸 여유가 없었다. 나의 관심은 온통 금에만 쏠려 있었고, 최대한 내가 가지고 갈 수 있을 정도의 양을 확보하는 일이 우선이었다. 금을 한 움큼씩 덜어낼 때마다 나는 안타까워했다. 기어이 젖 먹던 힘까지 짜내어 들고 갈 수 있을 만큼의 양을 만들었다.

"가브리엘, 이젠 됐어. 가자."

"아저씨, 가기 전에 저기 좀 봐."

나는 가브리엘이 가리키고 있는 곳을 바라보았다. 어떤 사람이 포승줄에 묶여 경찰 손에 끌려가고 있었다.

"저 사람은 왜 끌려가는 거니?"

"하얀색 포승줄에 묶여 가는 걸 보니 어느 집에서 돌을 훔친 것 같아."

가브리엘의 입에선 다소 재미있는 말이 튀어나왔다.

"돌이라니? 값비싼 수석쯤 되나? 하하. 여기 이렇게 금덩이들이 굴러다니는데 그깟 돌을 훔쳤다고 잡혀가?"

"그깟 돌인지 아닌지 곧 알게 될 거야."

가브리엘은 다소 아리송한 말을 남겼다. 그렇지만 나는 신경 쓰지 않았다. 왜냐하면 나에겐 한 자루나 되는 금이 있었기 때문이다. 보는 것만으로도 포만감을 주는 금자루를 다독거리고 있을 때 가브리엘의 목소리가 다시 들려왔다.

"아저씨, 배고프지 않아?"

"이 아저씨는 아직 배가 고프지 않단다. 이 금덩어리들을 보는 것만으로도 배가 부르거든. 그렇지만 배고픈 사람을 외면하면 벌 받을 거야. 오늘 이 아저씨가 최고로 비싸고 맛있는 걸 사줄게."

나는 정말 유쾌했다. 나에게 에너지를 주는 것은 사랑도 아니고 명예도 아닌 돈이었다.

"가브리엘, 아직 멀었니?"

나의 목소리에는 땀이 엉겨 붙어 있었다. 말소리보다는 헐떡이는 숨소리가 더 컸다. 화창한 봄날이라 덥지 않았다. 그러나 내가 그때 느낄 수 있는 체감온도는 한여름 불볕더위보다 더한 열기로 후끈했다. 나의 몸은 땀으로 흥건히 젖었다. 또 어깨가 빠질 듯이 아팠다.

내가 처한 이 곤혹은 어깨에 걸친 금자루 때문이었다.

"이제 다 왔어. 여기야."

가브리엘이 데리고 온 곳은 햄버거를 파는 패스트푸드점이었다.

"꼬마 아가씨. 아저씨는 이제 돈이 많아. 조금 전까지는 백수였지만 이젠 아니라고! 이걸 보고도 모르겠니? 그러니까 좀 더 고급스러운 곳으로 가."

나는 금자루를 툭툭 치며 미소를 지어 보였다. 그러나 가브리엘의 입에선 의외의 말이 나왔다.

"아저씨, 나는 돈이 그다지 많지 않은 아이라고!"

"하하, 설마 이 아저씨가 코흘리개 주머니를 털겠어?"

"응. 아마도 그렇게 될 거야."

가브리엘은 이 말을 하며 아이답지 않은 너그러운 웃음을 지어 보였다. 나는 그 말에 신경 쓰지 않았다. 그저 어린 마음에서 나오는 괜한 치기쯤으로 받아들였다. 그러나 가브리엘의 말을 금방 알게 되었다. 가브리엘과 함께 들어온 패스트푸드점은 손님들로 가득 차 있었다. 나는 빈자리에 자리를 잡고 주문을 하기 위해 카운터로 갔다. 카운터로 가기 전에 가브리엘에게 금자루를 잘 지키라고 신신당부했다.

"햄버거, 콜라, 아이스크림 주세요. 그리고 아가씨, 여기 모인 모든 손님에게 햄버거 한 개씩 더 주세요. 계산은 내가 할 테니까."

언젠가는 나도 골든벨을 울리고 싶었다. 내게도 이런 날이 이렇게 빨리 올 줄은 몰랐다. 그때 나의 가슴은 벅찬 희열로 가득했다. 하지만 그 희열은 그리 오래지 않아 굴욕으로 꺼져버렸다.

"손님, 감사합니다. 계산 먼저 해주시겠어요?"

"이 정도면 될 거예요. 남는 건 아가씨 팁입니다."

주머니에 있던 금열매 다섯 개를 내놓았다. 점원 아가씨의 얼굴에 화색이 돌았다. 그런데 점원의 반응은 내가 기대했던 것과는 사뭇 달랐다. 내가 받은 감흥은 시원한 맥주 맛이 아니라 김빠진 맥주 맛이었다.

"아주 탐스러운 금열매군요. 마침 집에 있는 금솥에 구멍이 났는데 이걸 녹여서 때우면 좋겠어요. 감사합니다, 손님."

고작 구멍 난 솥을 때우기 위해 귀한 금을 쓰겠다는 말은 나를 황당하게 했다.

"아가씨, 이건 금이라고요. 금!"

"네 알아요, 정말 고맙게 생각해요. 우리 생활에 없어서는 안 될 아주 귀한 생필품이죠. 손님, 제가 지금 바빠서 그러는데 계산 좀 해주시겠어요? 주문을 하려는 손님들이 줄을 서 있네요."

점원은 생글생글 미소를 띠며 말했다. 점원의 말대로 내 뒤에는 손님이 꼬리에 꼬리를 물고 서 있었다. 그렇지만 나는 자리를 뜰 수 없었다.

"미안해요. 그런데 뭔가 오해를 한 것 같아요. 이거 정말 금 맞아요. 지금 내가 현찰을 가지고 있는 게 없어서 이걸로 드린 거예요."

그러자 점원 아가씨는 어이가 없다는 듯 피식 웃었고 그걸 신호로 주위의 시선들이 나에게 몰리며 하나둘 킥킥대며 웃는 것이었다. 그 웃음은 순식간에 안으로 퍼져 웃음바다를 만들었다. 나는 슬그머니 화가 났다. 사람이 오해하는 건 이해하지만 내 진심을 묵살하는 것은 받아들이기 싫었다. 더 정확히 모욕감이 싫었던 것이다. 내 기분을 대변할 수 있는 무슨 말이라도 한마디 해주고 싶었다. 그래야 내가 위로받을 것 같았다.

"바쁜데 죄송해요. 아저씨가 농담한 거예요. 햄버거 두 개만 주세요."

가브리엘이 어느새 내 곁에 와서 화를 내려는 나를 가로막았다. 그러면서 돈을 내는데 그것이 나를 더 어이없게 만들었다. 돈이라고 내민 것은 겨우 공깃돌만한 조약돌 두 개였다. 그 모습에 이번엔 오히려 내가 사과를 할 상황이었다. 햄버거 값으로 조약돌을 돈이라며 내는 아이와 금을 내는 어른 중 누가 더 우스꽝스러운 사람일까? 패스트푸드점에서 돌을 돈이라 내는 아이는 어린아이의 순수함 때문에 용서가 될 테지만, 돈 대신 금을 내는 어른은 이상한 사람이 되는 것이다. 지폐가 상용화된 시대에서 이 같은 진심이 의심받는 건 어쩔 수 없는 일이다. 그런데 이 나라에서도 어른인 나는 우스운 사람이 되었다. 더 정확하게 말하면 바보가 되었다. 가브리엘에게서 돌을 받은 점원이 햄버거 두 개를 내주었으니 말이다. 나는 그것을 바라보며 멍하니 앉아 있었다.

"아저씨, 안 먹어?"

가브리엘의 소리는 전혀 들리지 않았다. 세상에, 돌이 돈이라니!

"아저씨, 여기선 돌이 돈 맞아."

아무렇지도 않게 햄버거를 먹으며 한 가브리엘의 말은 나를 더욱 맥 빠지게 했다.

"그러니까 저 자루에 담긴 금들을 가지고 가겠다는 마음은 버려. 저 금들이 쓸모없는 건 아니지만, 여기에서는 햄버거 하나도 살 수 없으니까."

"어떻게 이럴 수가 있지?"

"아저씨는 금이 왜 소중하다고 생각해?"

"희소가치가 있잖아? 이 세상에 햄버거가 100개밖에 없다고 한다면 서로 가지고 싶어 할 거야. 그만큼 귀하고 소중한 거라고."

"햄버거가 아무리 귀하더라도 야채나 고기가 없다면 그냥 빵 아냐?"

"당연히 그건 그냥 빵일 뿐이지. 햄버거는 야채와 고기가 있기 때문에 그 가치가 있는 것이니까. 너 혹시, 지금 햄버거가 금과 같냐고 생각하니? 햄버거와 금은 같을 수 없어. 햄버거는 없어지지만 금은 사라지지 않아. 영원히 사라지지 않는 거니까 소중한 거야.”

“아저씨, 영원히 사라지지 않는 건 금뿐만 아니야. 돌도 그중 하나야. 강한 걸로 치자면 금보다는 돌이 더 강해. 아저씨가 금을 소중한 것으로 생각하는 건 흔하지 않아서가 아니라 그것을 사고파는 사람이 있기 때문이야. 아저씨도 봤잖아? 여기선 금으로는 햄버거 하나도 살 수 없다는 걸. 그런데도 아저씨는 이 금이 모든 걸 이루게 해주는 것으로 믿고 있잖아? 그건 그 금을 사는 사람이 있기 때문이야. 그 사람이 없어도 과연 아저씨가 금을 좋아할까? 아마 그 사람이 아니었으면 금 또한 값비싼 보석이 아닌 세상 속 여느 만물 중의 하나였을 거야.”

“그렇다고 치자. 그러면 여기서 돌을 돈으로 쓰는 이유는 뭐야? 금보다 돌이 적어서 아니야?”

“돌보다 금이 많은 건 맞아. 그렇지만 이 나라에선 많다고 해서 금을 함부로 취급하지도 않아. 왜냐하면 금이 없으면 집을 짓지 못하거든. 저마다 쓰임을 존중해. 엄밀히 따지면 우리에게 흔한 것이 더 고마운 것 아니야? 이 나라에 금이 많다는 건 그만큼 인간들 생활에 쓰임이 많아서기 아닐까?”

“이 나라에선 금도 소중하다고 하면서 정작 돌을 돈으로 쓰고 있잖아? 돈이란 소중한 거야.”

내 말을 들은 가브리엘은 잠자코 있다가 주머니에서 조약돌 하나를 꺼내 내게 건넸다.

"잘 살펴봐, 거기에 표식이 되어 있지?"

나는 가브리엘의 말대로 조약돌을 살펴보았다. 조약돌에는 화폐의 단위를 나타내는 기호와 화폐임을 나타내는 표식이 새겨져 있었다.

"아저씨, 여기는 돌이 결코 적어서 돈으로 쓰는 게 아니야. 이 돌은 그냥 돈의 역할을 하고 있는 것뿐이야. 조개껍데기를 돈으로 쓰던 시대도 있었잖아? 이 나라에서 돌을 돈으로 쓰는 것은 아저씨네 나라에서 종이를 돈으로 쓰는 것과 마찬가지야. 쓰임만 다를 뿐 이상한 게 아니야."

나는 가브리엘에게 마치 농락당하고 있는 기분이 들었다. 그렇다고 대놓고 화를 낼 수도 없었다. 가브리엘의 말은 사실이었기 때문이다. 역사를 거슬러 올라가면 화폐의 종류는 다양했다. 조개 따위의 물품 화폐가 있었다는 것은 고증된 사실이다. 그러나 21세기를 살고 있는 현대인들 중 가브리엘의 말을 받아들일 수 있는 사람이 얼마나 될까? 나는 21세기를 살고 있는 당당한 현대인이며 내가 할 수 있는 일은 아이의 말을 부정하는 것뿐이었다.

"네 말은 너무나 현실과 동떨어진 몽상적이고 꾸며낸 동화 같은 이야기야."

"그런 생각은 안 해봤어? 아저씨가 지금 살고 있는 세상이 꾸며낸

이야기라는 생각. 우주의 만물들을 마치 인간이 주인처럼 사고팔고 하는 것 자체가 인간들이 만든 이야기잖아? 인정하지 않는 건 아저씨 자유야. 그렇지만 이 햄버거를 조약돌로 사는 것을 보고도 믿지 않는 건 무모한 짓이기도 해. 눈으로 보고도 못 믿는 아저씨에겐 아직도 금이 세상에서 가장 소중한 것이겠지?"

"물론 지금은 조금 당황스럽지만 이거면 무엇이든 살 수 있다고!"

나의 말은 단호했다. 가브리엘은 이런 나를 한동안 측은히 바라보고만 있었다.

"아저씨, 야채와 고기가 없는 햄버거는 더 이상 햄버거가 아니야. 그것이 온전하게 햄버거가 되려면 주위의 것들이 있어야 하듯, 금 자체만으로는 소중한 것이 될 수 없어. 정작 소중한 것은 금 자체가 아니라 금을 아우르고 있는 주위의 것들이야. 조화로운 전체가 있기 때문에 나도 있는 거야."

4

보려고 해야 보이는 것

무엇에 홀려 사는 사람은 다른 걸 보지 못해.
시험지에 오답을 써놓고도
문제를 빨리 풀기 위한 것이 목적인 수험생과 같아.

패스트푸드점 문을 열고 나오자 또 다른 세상이 펼쳐졌다. 방금 전까지 있었던 금나라는 문을 열고 나오자 사라지고 없었다. 패스트푸드점 역시 사라졌다. 그곳은 후덥지근한 열기만 있을 뿐 습기라고는 느낄 수 없을 만큼 건조한 곳이었다. 목이 텁텁해왔다. 건조한 바람과 끝없이 펼쳐진 모래사막은 한시라도 빨리 벗어나고 싶다는 충동을 느끼게 했다.

"나를 왜 이곳으로 데리고 온 거니?"

"그건 곧 알게 될 거야."

"난 바쁜 일이 있어서 집에 가야 할 것 같은데……."

당당하지 못한 짜증스러움과 가증스러운 욕망이 맞물려 말끝이 흐려졌다.

"바쁜 일이라는 게 이 금들을 파는 일이지?"

나는 금나라에서 챙긴 금들을 끝내 버리지 못하고 여기까지 가지고 왔다. 가브리엘의 말처럼 한시라도 빨리 이 금들을 팔아 호화로운 요트를 사서 훌라춤을 추는 하와이 여인들에게 둘러싸여 와인을 마시고 싶었다. 또 이 텁텁하고 후덥지근한 열기를 뿜어내고 있는 나라에서 빨리 벗어나고 싶은 욕망도 있었다. 그렇지만 이런 마음을 고스란히 가브리엘에게 말할 수는 없었다.

"아니란다. 피곤해서 쉬고 싶은 거야."

나는 최대한 온화한 표정을 지으며 말했다. 하지만 말을 마쳤을 때는 형용치 못할 무서움이 내 안에서 스멀스멀 올라오는 것을 느꼈다. 그건 내가 나를 속이고, 속아 넘어간 내가 남을 속이는 간악스러운 마음이었다. 그때 가브리엘의 말이 쏜살처럼 가슴으로 파고들었다.

"아저씨, 그거 알아? 아저씨는 참 나쁜 사람이야."

"내가 왜 나빠?"

"아저씨가 가지고 있는 거울은 아직도 너무 깜깜해. 그래서 내 모습을 온통 깜깜하게 보이게 해."

순간, 나는 발이 저렸다. 가브리엘은 지금 '어른은 아이의 거울이다'라는 말을 하고 있는 것이다. '도둑이 제 발 저린다'라는 말은 수없이 들어왔지만 정말 발이 저릴 줄은 몰랐다. 그러나 나는 자존심을 지키고 싶은 마음이 더 컸기 때문에 이런 속내를 들키고 싶지 않았다.

"너는 내가 왜 거짓말을 하고 있는 거라고 생각해?"

"그걸 왜 나한테 물어? 아저씨 마음에 물어보는 게 더 빠르지 않을까? 자기 마음을 속이고 겉으론 웃는 건 슬픈 일이야."

그 말을 듣는 순간 나는 할 말을 잃었고 얼굴까지 붉어졌다.

"아저씨는 아직도 저 금자루가 아저씨의 인생을 바꿔줄 거라 생각하지? 그건 아이들이 집에 맛있는 비스킷을 숨겨놓은 것과 같은 마음이야. 그래서 간혹 수업시간에 빠지기 위해 꾀병을 부리거나 거짓말을 하는 거지. 아저씨처럼 말이야."

"그래, 맞아. 아저씨는 거짓말한 거야. 그런데 가브리엘, 때론 꾀병을 부리고 거짓말을 해야 할 때도 있어."

"아저씨는 지금 이것들과 전혀 관계없는 것을 말하고 있잖아?"

"그걸 융통성이라고도 한단다."

"융통성? 그게 뭔데?"

"사람이 할 수 있는 재주야. 감나무에 높게 달린 감을 딸 때 나무에 올라가서 따기보다는 장대 끝에 그물망을 만들어 달아놓고 따는 것과 같은 거야."

"아, 사람을 편하게 만들어주는 것이 융통성이라는 거구나?"

"그렇단다."

"아저씨가 말하는 융통성은 참 좋은 것 같아. 그런데 왜 아저씨는 아저씨를 다치게 해?"

"나 안 다쳤는데?"

"좀 전에 마음을 다쳤잖아? 왜 마음을 아프게 하면서까지 거짓말을 하는 거야?"

가브리엘의 말에 나는 할 말을 잃었다. 내가 거짓말을 한 건 사실이지만 얼마든지 가브리엘의 말을 부정할 핑계와 변명 거리를 찾을 수 있었다. 그렇게 하면 나는 날 더 다치게 해야 한다. 그걸 감당할 수가 없었다. 내가 말을 안 하자 가브리엘의 말이 이어졌다.

"거짓말이나 잔꾀로 사는 사람은 정작 소중한 것을 잃어버리고 사는 것 같아."

"소중한 것이라니?"

"아마 그것이 아저씨가 그렇게 찾고 싶어 하던 게 아닐까?"

"그게 뭔지 너는 안다는 거니?"

"보려고 해야 보이는 것들이지."

"그게 뭔데?"

"자꾸 모든 걸 한 번에 알려고 하지 마. 알고 싶으면 나와 함께 여행을 해야 해. 피라미드는 사진으로 얼마든지 볼 수 있어. 그렇다고 피라미드를 봤다고 할 수 있어? 아저씨는 싫어도 나와 함께 여행을 해야 할 거야. 왜냐하면 아저씨는 나 없인 집으로 돌아갈 수 없을 테니까.”

그 말에 나는 슬그머니 화가 났다. 어린아이에게 조롱이라도 당하는 기분이 들었다.

“내가 왜 네 말을 들어야 해?”

“지금 아저씨 옆에서 여행을 같이 하고 있는 사람은 나니까.”

“이 녀석이 보자보자 하니까. 나는 나대로 갈 테니까 너는 네가 알아서 가!”

“헤헤, 우리 아저씨 화가 많이 났구나? 나는 아저씨에게 거짓말하지는 않았어. 나는 사실대로 말했을 뿐이라고. 내 말을 못 믿겠으면 아저씨 마음이 시키는 대로 가봐.”

“가라면 내가 못 갈 줄 알아? 무섭다고 따라오지나 마!”

“혼자보다는 둘이 더 좋을 텐데? 더욱이 안개로 덮여 있는 길은 말이야.”

솔직히 그때 나는 막막했다. 눈에 보이는 게 없을 정도로 온 사방은 광활한 사막이었다. 또 한 가지 마음에 걸리는 게 있다면 가브리엘이 말한 ‘안개’였다. 그건 내 머리를 가득 채우고 있었다. 그러나 나는 저런 어린아이에게 지고 싶지 않았다. 그건 자존심이었고 열등감이었다. 그 열등감은 나를 엇나가게 했고 곧바로 아이와 반대 방향으로 등을 돌리게 했다. 열등감이 쌓이면 그것이 분노가 된다는 걸 그때 알았다.

가브리엘과 헤어진 지 한참이 지났지만 가도 가도 끝이 보이지 않았다. 등에선 쉬지 않고 땀이 흘러내리고 있었고 어깨에 둘러메었던 금자루는 시간이 지남에 따라 점차 아래로 미끄러져 나의 그림자에 실려 질질 끌려오고 있었다. 또한 배가 고프고 목이 탔다. 나는 그늘을 원했다. 모래가 섞인 후덥지근한 바람 말고 청량음료 같은 시원한 바람을 원했다. 이런 나의 바람과는 달리 그때 그 시간 속에 존재한 사막은 그중 아무것도 내게 허락하지 않았다. 시간만 흘렀고 모래에 엉킨 느린 발걸음만 존재했을 뿐이었다. 결국 나는 사막에 무릎을 꿇고 말았다. 그때는 이미 내가 놓지 않고 있었던 금자루가 비어 있는 상태로 모래와 엉켜 있을 때였다.

"아저씨, 힘들어?"

모랫바닥에 부린 내 몸 위로 작은 그림자가 드리워지더니 맑은 눈동자가 떨어졌다. 가브리엘이 나를 따라왔던 것이다. 나는 그 작은 그림자가 무척 고마웠다. 내 몸에서 뿜어내는 열기를 모두 달래주기에는 부족했지만 일부분이나마 식혀주고 있었기 때문이다. 그 안은 안온했다. 벗어나고 싶지 않았다. 나는 누워 있는 상태로 가브리엘을 멀뚱히 올려다보았다.

"언제부터 따라온 거니?"

"나는 아저씨를 따라오지 않았어."

"너하고 입씨름하고 싶지 않구나."

사실 나는 그때 너무 지쳐 말할 기운조차 없었다.

"아저씨는 지금 착각하고 있어. 나는 그냥 아까부터 여기에 서 있었어. 그리고 아저씨는 지금까지 이 주위를 맴돌았을 뿐이야. 못 믿겠어?"

사람의 감정은 시시때때로 변한다. 조금 전까지 체념하듯 가브리엘의 말에 별 관심조차 없었는데 얼토당토않은 말에 스멀스멀 화가 치밀어올랐다.

"가브리엘! 넌 이 아저씨가 우습게 보이니? 정말 버릇없는 아이구나!"

나는 화를 누르지 못하고 튕기듯 몸을 일으키며 가브리엘에게 버럭 소리를 질렀다.

"아저씨, 내 말을 못 믿겠으면 저걸 봐."

가브리엘은 내 말을 담담하게 받으며 손가락으로 드넓은 허공에 큰 운동장을 그렸다. 나도 자연스럽게 가브리엘이 뻗은 손끝을 바라보았다. 가브리엘의 손끝이 가리키는 곳에는 금빛들이 큰 타원형 트랙의 라인을 그려놓고 연못에 내려앉은 윤슬처럼 빛나고 있었다. 그 라인의 금빛들은 내가 금자루에서 하나씩 빼서 버린 금이었다. 가브리엘이 타원형을 그리며 몸을 완전히 돌려 멈춘 곳은 처음에 타원형을 그렸던 시작점이었으며 손가락이 멈춰진 곳도 같은 곳이었다.

"내 말이 맞지? 내 앞을 몇 번이고 지나가면서도 나를 못 본 것은,

아저씨에겐 집으로 빨리 가고 싶은 마음과 함께 정신이 온통 저 금들에게 홀려 있었기 때문이야. 무엇에 홀려 사는 사람은 다른 걸 보지 못해. 시험지에 오답을 써놓고도 문제를 빨리 풀기 위한 것이 목적인 수험생과 같아. 나는 지금 아저씨에게 그늘을 만들어주고 있어. 그런데도 아저씨에겐 나보다도 저 금들이 더 소중한 것이었어. 아저씨는 정작 자신에게 가장 중요하고 소중한 걸 못 보는 안타까운 눈을 가지고 사는 거야."

엄연한 현실 앞에서 발뺌할 수도 없었다.

"내가 비록 아저씨보다는 어리지만 이 길은 내가 알고 있다고 했잖아? 그런데 아저씨는 안 믿었잖아? 그래서 결과가 어떻게 되었지? 그 많던 금들은 어디로 갔지? 모르는 걸 물어보는 건 창피한 게 아니야."

"알았어. 그만해."

나는 급작스러운 허탈감을 느껴야만 했다. 솔직히 가브리엘이 제아무리 현자 같은 말을 해도 그 어떤 감흥이나 뉘우침이 생기지 않았다. 그 많던 금들이 눈에 아른거렸지만 지금은 없기 때문이다.

"아저씨, 금들을 잃어버려서 마음이 아파?"

"그래."

"고작 금 때문에 아파?"

"고작? 어린 너에겐 그게 고작이겠지만 나에겐 아니란다. 그것만 있으면 내가 원하는 것들을 다 이룰 수가 있으니까. 나에겐 희망이 었어."

이렇게 말하고 있는 나를 가브리엘은 측은한 듯 한참 동안 내려 보고 있었다.

"아저씨가 저 금들로 원하는 걸 얻는다 해도 지나온 시간과 잃어 버린 꿈은 이룰 수 없을 것 같아. 그건 금으로도 어쩔 수 없으니까. 그걸로 빵은 살 수 있어도 영혼은 살 수 없잖아? 그리고 아저씨가 방금 금으로 이룰 수 있다는 생각마저도 이미 사라졌어. 자, 다시 돌아봐."

가브리엘은 손끝으로 다시 원을 그렸다. 가브리엘이 가리킨 곳에 는 이미 금빛들이 사라져 모래바람만 일고 있었다. 나는 절망감에 빠 져 얼굴을 다리 사이로 떨어뜨렸다.

"아저씨, 저 금들이 사라지지 않았다고 해도 지금 당장 아저씨에 게 그늘을 만들어주지는 못해. 지금 아저씨에게 그늘을 만들어주고 있는 건 나야. 나는 여전히 아저씨 옆에 있잖아?"

5

우리는 눈에 보이지 않는 것 때문에 살고 있다

나는 여전히 사막 한가운데 있었고 절망에 빠져 있었다. 그때 내 금들을 삼켜버린 모래바람이 나의 귀를 간질이며 다가왔다.

"이봐!"

그 소리에 다리 사이로 파묻고 있던 얼굴을 들었다.

"네가 날 불렀니?"

"그래."

"그냥 가. 나는 지금 어느 누구와도 대화하고 싶지 않아."

"나도 그냥 가려고 했어. 하지만 네가 너무 가여워 보여서 사과는 하려고."

"무슨 사과?"

“절망을 줘서 미안해.”

“알았으니까, 그냥 가줘.”

솔직히 나는 그때 말하기조차 귀찮았다. 그러나 모래바람은 그런 내 심정은 아랑곳하지 않고 내 속을 점점 긁어댔다.

“엄밀히 따지면 그 금들은 네 것이 아니었잖아?”

“그럼 네 것이었니? 그래서 저 금들을 몽땅 먹어버린 거니?”

“그 금들을 버린 건 너야. 나는 네가 버린 것을 제자리로 돌려놓았을 뿐이야. 너에게서 떠나간 게 어째서 네 것이야? 정 억울하면 이렇게 생각하렴. 헤라클레스가 에우리테우스에게 어렵게 구해다준 황금 능금을 아테나가 다시 제자리로 가져다놓은 거라고.”

“그렇지만…….”

“사라진 금들이 아쉽지? 그러나 그건 이미 지나간 시간과도 같은 거야. 지나간 시간은 절대 돌아오지 않아. 너는 지금 이미 사라진 것 때문에 시간을 허비하고 있는 어리석음을 반복하고 있는 거야. 지금 네가 할 일은 다시 새로움을 이루는 거야. 그게 지금 네가 할 수 있는 최선이야.”

“지금 나에게 금들이 없으니 나는 너에게 반박할 말이 없어. 그렇지만 허탈한 마음은 쉽게 사라지지 않아.”

“그 허탈한 마음은 사라진 시간에 대한 여유이야. 그 여운이 입가는 허전한 미련으로 구성되어 있어. 그 허전한 미련을 메울 수 있는 방법은 딱 한 가지밖에 없어.”

“그게 뭔데?”

“미련을 위한 재창조.”

“미련을 위한 재창조라니, 이미 사라진 것들이라며? 넌 네 입맛에 맞게 말을 요리하는 재주를 지녔구나. 네가 나에게 무슨 말을 해도 나는 너의 말을 믿지 않을 거야.”

“그래. 넌 상대를 단 몇 초 만에 파악하는 재주를 지닌 것 같구나. 독심술이라도 익힌 거야? 그게 아니라면 네가 열린 귀를 갖지 못했다는 것도 인정해야 해. 거기다가 질 낮은 선입견도 지녔어. 너를 똑바로 봐. 넌 나에게 줄 것이 없는 처지야. 줄 것이 없는 널 내가 무엇 때문에 말로 요리를 해야 하지? 그건 시간 낭비 아냐?”

“그래서 나는 너를 거부했잖아? 가지 않고 머무른 것은 너고.”

“왜 머물렀냐고? 절망에 빠져 있는 네가 안쓰러워서 그랬어. 슬퍼하는 친구를 그냥 모른 척하는 건 몰인정한 거니까.”

“나는 너 같은 친구 둔 적이 없는데?”

“너에겐 내가 친구가 아니더라도 넌 이미 내 친구야. 왜냐하면 네가 절망에 빠지는 순간 나는 널 친구로 받아들여야 했으니까.”

“넌 독선에 말꼬리를 잡는 재주도 지녔구나.”

“그건 네 맘대로 생각하렴. 나 또한 내 마음이 가는 대로 할 테니까. 그렇기 때문에 나는 지금 너의 친구로서 꼭 해줄 말이 있어.”

　모래바람은 내가 거부하는데도 쉽게 물러날 기세가 아니었다. 이쯤 되면 나에겐 모래바람을 쫓기보다는 체념하는 편이 더 나았다. 나는 체념 쪽을 택했다. 어차피 모래바람의 소리는 이쪽 귀를 통과하여 저쪽 바람구멍으로 나갈 것이다.

　"네가 그러길 원하면 나는 말리지 않을 테니 해보렴."

　나는 모래바람의 이야기가 무엇이든 흘려들을 준비가 되어 있었다. 나의 행동은 지극히 불손했다. 나는 그 자리에 누웠다.

　"절망은 희망을 잃었을 때 생기는 거지. 바꿔 말하면 절망에서 빠져나오게 하는 것도 희망이야. 일확천금을 가진 갑부가 하루아침에 거지가 됐다고 쳐. 네가 그 지경이라면 마음이 어떨 것 같아?"

　설교라고 생각한 모래바람의 말은 의외로 내 심경을 들추어내는 질문이었다. 누군가 내 마음을 알아줄 때 곧바로 생기는 친근감 때문에 단단한 자물쇠로 걸려 있던 나의 마음은 서서히 풀리기 시작했다.

　"지금 내 심정과 같겠지. 허탈과 미련 때문에 끝내 죽고 싶겠지."

　"아마 많은 사람이 그와 같은 경우를 마주하면 너와 같은 생각을 할 거야. 그렇게 생각하기 때문에 세상엔 성공하는 사람보다 실패하는 사람이 더 많은 거야. 그것이 인생길에 만들어놓은 함정이거든. 그 함정에 빠진 사람은 사라진 시간에 머물러 있어. 그렇지만 그들과 반대에 있는 사람은 사라진 시간에 머물러 있지 않아. 거길 빠져나와 일어서지. 그리고 오늘을 살면서 새로운 도약을 준비해.”

“실패는 성공의 어머니…… 너무 많이 들어서 귀에 딱지가 앉을 지경이야.”

“그래. 그럼 너는 그들이 성공할 수밖에 없는 이유를 설명해줄 수 있어?”

“운!”

나는 거침없이 말했다. 애초에 저 답은 나의 머릿속에 항상 저장되어 있었다. 그러나 나는 이 대답과 대조적으로 다음 물음에 대해선 쉽게 말할 수가 없었다. 사실, 그들이 성공할 수밖에 없는 이유를 운이라고 했을 때 요행수인 재수운을 말한 것이었다. 왜냐하면 나는 성공한 사람에게 좋지 않은 감정을 가지고 있었다. 그건 열등의식이었다. 그렇기에 나는 그들의 신화적인 면을 항상 비꼬아서 보았다.

“네가 말하는 운이란 어떤 거야? 복권 당첨 같은 것? 감나무 아래에서 입 벌리고 있을 때 감이 떨어지는 그런 운?”

‘기회.’

이 말은 내 마음속에서 요동치는 대답이었다.

“네가 저런 운을 말한 거라면 그건 사람의 바람으로 되는 것도 아니고 보이지도 않아. 네가 바라고 있는 운은 혹시 행운 아니니? 행운이 오기만을 손꼽아 기다리는 것 말이야.”

“나는 그 정도로 무모한 사람은 아니야. 다만 기회가 하도 안 오니까 저런 운이라도 오기를 가끔씩 바라는 것뿐이라고. 이런 마음으로 사는 사람이 많다는 걸 넌 모를 거야. 그 사람 중에는 절실한 사람도 있단다.”

“너는 네 자신을 참 불쌍하게 만들어. 저런 마음에 네 마음을 다 빼앗기지는 마. 조금만 내줘도 되는 일이야. 행운이라는 건 어차피 기다려도 언제 올지 모를 일이잖아? 행운은 예고 없이 찾아와. 그런 운을 맞이하기 위해 파리 날리는 식당을 일 년 내내 열어둘 순 없잖아. 네 잎 클로버가 행운이라면 세 잎 클로버는 행복인데, 사람들은 네 잎 클로버만 찾으려고 하지. 물이나 공기처럼 너무 평범해서 널려 있는 행복을 쳐다보지도 않는 게 사람의 습성인 것 같아. 정작 중요한 것은 그것들인데 말이야.”

모래바람의 말에 나는 할 말이 없었다. 내가 기다리는 것은 행운이었고, 그건 모래바람의 말대로 예고 없이 찾아드는 것이기 때문이다. 기약 없는 행운에게 마음을 빼앗기며 산다는 것이 불현듯 감정 낭비고 정신적인 소비라는 생각이 들었다. 행운을 기다리는 마음은 그냥 한쪽 마음에 한 칸의 빈방을 만들어놓으면 될 터였다. 이런 마음이 움튼다는 것은 어쩌면 내가 운에 대한 개념을 한쪽으로만 보고 있었던 게 아닐까 하는 의문을 갖게 했다. 또한 일진이 좋은 날과 좋지 않은 날이 있듯, 그것을 받아들이는 자세가 아직 부족한 것이라는 생각도 들었다.

“네가 생각하는 운은 어떤 거야?”

“내가 생각하는 운은 두 가지야. 그중 하나는 복과 운을 같은 개념으로 생각하는 거지. 불교에선 복을 받으려 하지 말고 지으라고 하거든. 만들어간다는 것은 능동적이지. 윤회설에 입각한 선견지명이라 할 수 있어. 간혹 못된 부자가 복을 누리며 사는 걸 보면 성실하게 산다는 것에 회의가 생길 거야. 그러나 인과응보를 대입해보면 이해가 가거든. 전생에 덕업을 많이 쌓았기 때문이고 현생에 그걸 다 까먹고 있는 거지. 뿌린 대로 거두는 법 아니겠어?”

“네 말은 복도 만들어가는 거구나. 그럼 나머지 한 가지는 뭔데?”

“겨울이 지나고 봄이 되어야 피는 꽃과 같은 거지.”

“겨울에 피는 꽃도 있단다.”

“그래, 맞아. 진짜 운은 때가 되어야 피는 꽃처럼 그렇게 오는 거라 생각해. 이미 정해져 있는 수순대로 오는 것. 불볕더위에 갑자기 내리는 소낙비 같은 것이 행운이고 식물들은 꽃을 피우기 위해 정해진 순서에 따라 그만큼 자신을 키웠어. 성공한 사람은 결코 네가 말하는 행운 때문에 된 것만은 아니야. 그들은 때를 기다리고, 기다린 시간만큼 노력으로 준비한 거야. 노력은 조금 하고 결과를 크게 바라는 건 도둑 심보 아냐? 또 그들이 다시 설 수 있었던 다른 이유는, 사라진 시간에 머물러 있지 않았기 때문이고 과거의 실패를 지금의 것으로 만들 수 있는 능력 때문이야. 거기에서 나오는 열매가 바로 재창조야. 모양은 비슷할지 모르지만 시간이 같지 않기에 같을 수가 없는 거야. 그건 어제와 다른 오늘과 같은 것이지.”

“네 말대로라면 우린 매일 새로움을 만나고 사는 거네?”

“맞아. 많은 사람이 그것을 모르고 살고 있을 뿐이지. 사과나무에 매년 사과가 열리지만 그 사과가 작년에 먹었던 것과 똑같은 사과라고 말할 수 있어? 나는 매년 쉬지 않고 불면서 세상 이곳저곳을 다니며 만물을 만나. 그중엔 사과나무도 있어. 나는 매년 같은 사과나무를 만나지만 같은 사과를 본 적은 지금까지 단 한 번도 없어. 비슷한 것만 봤을 뿐이야. 비슷하다는 건 똑같지가 않다는 거잖아? 과일을 열리게 하는 나무는 슬퍼하지 않아. 슬퍼하는 건 너 같은 사람이지. 성공한 사람은 자신이 과일을 열리게 하는 나무라는 걸 알고 있어. 그리고 그걸 믿어.”

“그래도 나는 슬퍼. 네 말이 가슴에 와 닿지 않을뿐더러 내게는 과일을 열리게 할 수 있는 능력이 없거든.”

“그 말은 곧 날개 없는 새와 같다는 말이지?”

“그래.”

“하하하. 너 정말 바보구나. 사람은 누구나 날개를 가지고 있어. 다만 그것을 찾아내어 나는 사람이 있고, 너처럼 찾지 못하고 날지 못한 사람이 있을 뿐이야. 어미 새가 새끼를 둥지 밖으로 밀어내는 이유는 새끼에게 날개가 있다는 것을 알려 주기 위해서야.”

"어미 새처럼 나에겐 그걸 알려주는 사람이 없단다."

"하하, 혹시 다른 사람이 너에게 알려주고 있는데 네가 모르는 건 아니고?"

"없었다고 했잖아!"

"그럼 네가 찾아야지. 찾으려고 노력은 해봤니? 노력도 안 하면서 남이 찾아주길 바라는 건 좀 염치없는 짓 아냐?"

"내가 찾는다 해도 다른 사람은 나에게 도움을 주지 않을 거야. 그들은 항상 날 번뇌하게 만들고 부담스럽게 만들거든!"

"그래? 그러면서 넌 남들 앞에서는 멋있어 보이고 싶어 하잖아?"

"그래야 사람들이 좋아하니까. 나는 결코 그들이 보는 것만큼 멋진 사람도 아닌데, 그 사람들이 날 멋있게 보니까 나는 항상 멋지게 보여야 한다는 강박증에 사로잡혀 있어. 나는 그렇게 생각해본 적이 없는데 다른 사람들이 그렇게 보니까 우쭐댔어. 그런데 그 다음에 오는 건 우울함과 부담감이었어. 항상 그들에게 멋진 사람으로 보여야 했으니까! 나는 그들에게 실망을 줄 수 없어서 공부했고 명문대에도 들어갔어. 그렇지만 나는 지금 무일푼 거지나 다름없는 실업자야. 그들이 지금의 내 모습을 본다면 많이 실망할 거야. 그리고 나에게 수치심을 줄 거야. 그래서 나는 우울하고 괴롭단다. 그런 초라함이 날 매일 자괴감에 빠지게 만들어. 진짜 '나'는 없고 온통 그들이 원하는 '나'만 존재해!"

"그게 어째서 다른 사람 때문이라는 거지? 그들은 그냥 너에게 멋있다고 했을 뿐이야. 칭찬과 강요를 혼동하지 말라고. 이런 생각은 안 들어? 네가 부담으로 생각하는 그들의 말이 혹시 너에게 날개가 있다는 것을 알려주는 메시지가 아니었을까? 사실 네가 부담스러워하고 있는 말에는 너에 대한 가치와 가능성이 들어 있거든. 다만 그것을 어떻게 받아들이느냐가 문제지. 강요나 정체성의 혼란으로 받아들이면 자신을 해치는 거고, 권유로 받아들이면 자신을 성찰하게 되니까. 네가 그들이라면 일어서지도 못하는 갓난아이한테 자전거를 타보라고 권하겠어?"

"그렇지만 나는 자전거를 탈 수 있는 능력이 없단다. 탈 수 있는 것처럼 보일 뿐이지. 있는 그대로의 모습을 보여주면 그들은 날 무시하니까!"

"자전거를 단 한 번에 타는 사람은 극히 드물어. 한 번에 탄다 해도 그 사람이 자전거에 대해 잘 알 거라고 속단하지 마. 오히려 자전거에 대해 잘 아는 사람은 많이 넘어져본 사람이란다. 두렵니? 네가 자전거를 못 타는 사람이라는 것이 들킬 것 같아서?"

"그들은 눈에 보이는 것만 믿거든."

"그래서 너 또한 한 번에 모든 걸 이루고 싶어 하는 거구나. 그것을 이루기 위한 수단은 금이고. 그런데 결코 그들을 위해서만은 아닌 것 같아. 넌 그들에게 잘 보이고 싶은 거야. 그래서 조급증과 강박증이 생긴 것 아니니? 이 두 가지가 널 다치게 하는 것 같아. 그건 정말 담배와 같은 거야. 남들에게 인정받는 게 그렇게 중요해? 인정받기 위해서는 자전거를 타지 마. 그들의 말을 날개로 받아들이고 너의 목표가 자전거를 타는 것에 있다면, 그냥 너는 널 위해 자전거를 타기만 하면 되는 거야. 어차피 자전거를 탈 사람은 너지 다른 사람이 아니야. 한 번 넘어졌다고 포기하는 건 겁쟁이들이나 하는 짓이야. 그렇게 되면 너에겐 부끄러움이 생길 거야. 한 번에 자전거를 타는 사람보다 열 번 만에 타는 사람에게 오는 희열이 더 크다는 것을 알았으면 해."

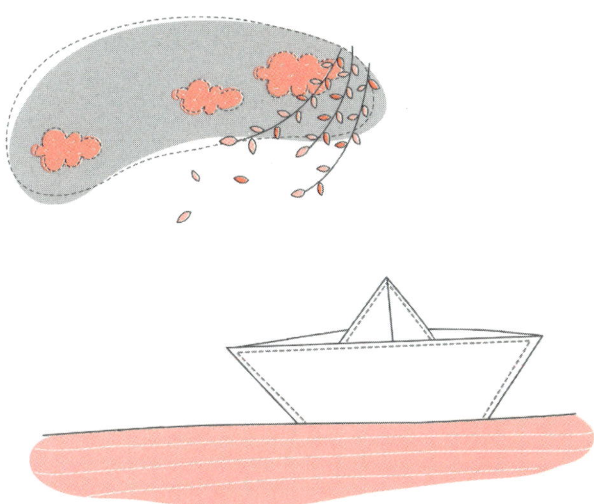

6

위험할 때 나를 지켜주는 것

모래바람의 말은 계속 이어졌다.

"어쨌든 너에겐 재물이 무엇보다 중요한 것이었구나. 다른 사람과 같이 살아가기 위해서가 아니라 멋진 모습을 보여주고 싶어서."

"그렇단다. 그러려면 나는 많은 돈이 필요해."

"그래? 그럼 이 금들을 너에게 다시 돌려줄게."

모래바람은 품에 있던 금들을 자루와 함께 다시 내 앞에 쏟아놓았다. 나는 얼굴이 밝아졌다.

"고마워. 넌 정말 진정한 친구야!"

"많이 좋은가 보구나?"

"그걸 말이라고 하니? 날아갈 것 같아. 하하하!"

“그렇다면 넌 내가 무척 고맙겠구나.”

“그걸 말이라고 해? 네가 사람이라면 나는 널 데리고 세계일주도 하고 멋진 스포츠카도 선물했을 거야.”

“네 마음이 진심이라는 게 느껴져. 네 마음이 정 그렇다면 나에게 무엇을 하나 주지 않을래? 이왕이면 네가 소중히 아끼는 것을 주면 더 의미가 있을 것 같아.”

“당연히 그래야지. 네가 원하는 걸 말해봐. 그렇지만 지금 나에게는 금 말고는 아무것도 없어.”

“있다면 줄 거야?”

“그게 뭔데?”

“있는데도 넌 못 보는 것뿐이야. 너와 계속 함께 있는데……. 참 안타깝다.”

“무엇이 나와 함께하고 있다는 거지?”

“너에게 그림자를 만들어준 천사 가브리엘. 나는 가브리엘을 원해. 너에겐 가브리엘보다 더 소중한 금이 있으니까 내가 데려가도 되지?”

“가브리엘을 데려가면 나는 어떻게 집으로 가라는 거니? 그건 무리한 요구야.”

“그건 네가 알아서 해야지. 넌 부자잖아? 이렇게 많은 금들이 있는데 무엇이 걱정이야?”

"하지만 여긴 사막 한가운데라고."

"그건 네가 알아서 하렴. 우린 이만 갈게."

모래바람은 가브리엘을 들어올렸다. 나는 다급해졌다.

"자, 잠깐만. 정말 가브리엘을 데려갈 거야?"

"응! 어차피 네 눈에는 옆에 있는 사람이 보이질 않잖아? 그건 너에겐 필요 없는 존재라는 의미 아냐?"

"그건 너의 말과는 달라. 늘 내 옆에 있었기에 무심했던 것뿐이라고."

"그런데 어쩌지? 이미 늦은 것 같구나. 나는 너에게 가브리엘을 보내지 않을 거야. 가브리엘 또한 너에게 가지 않을 거야."

모래바람은 이 말을 남기고 가브리엘을 데리고 사라졌다. 처음엔 농담인 줄 알았다. 그러나 한 시간이 흐르고 두 시간이 흘러 해거름이 될 때까지 그들은 오지 않았다.

사막의 밤은 매우 추웠다. 그때 나에게 필요한 것은 온기였다. 고등학교 시절 방학을 이용해 아버지와 함께 전국 유명산을 돌아다닌 적이 있었다. 그때는 내 몸을 감싸줄 침낭과 나의 보호막이 되어줄 아버지가 있었기에 밤이슬과 새벽녘에 엄습해 오는 한기와 맞설 수 있었다. 그러나 사막에서는 내 몸을 덮어줄 침낭도 없었고 말벗이 되어줄 사람도 없었다.

밤이 깊어질수록 한기는 더했다. 피부로 느끼는 한기는 몸을 비비고 움직이는 것으로 달랠 수 있지만 가슴속으로 스며드는 외로운 한기는 달랠 길이 없었다. 그도 그럴 것이 밤이 주는 공포는 추위로 돋은 소름을 더 자라나게 했다. 사람이 절실했다. 이럴 때 나에게 누군가 말을 걸어준다면 나는 그를 평생 은인으로 삼을 것이었다. 이런 절실함은 밤의 고요 속으로 묻혀버렸다.

나는 밤을 이기기 위해 노래를 불렀다. 그러나 노랫소리는 어둠이 주는 공포에 서서히 먹혀버렸다. 거기에 맞춰 나의 몸도 서서히 움츠러들고 있었다. 추위와 공포, 외로움은 나를 밤의 사슬로 포박시켰다. 내 몸은 떨려왔다. 낯선 소리가 들린 건 그때였다. 그 구원의 소리는 10미터 떨어진 곳에서 들려왔다.

"길을 잃은 모양이구나?"

내게 말을 걸어온 것은 우산 같은 날개를 가지고 있는 까마귀였다. 얼핏 보면 대형 박쥐처럼 보였다. 깜깜한 밤이라 까마귀의 시퍼런 안광은 더욱 빛을 뿜고 있었다.

"길도 잃고 사람도 잃었지."

"저런! 동료들이 너를 버린 거니?"

까마귀의 물음에 나는 아무런 대답을 할 수 없었다. 그 대답은 나도 몰랐다. 버려진 자는 자괴감이 생기고 버린 자는 일말의 자책감이 생긴다. 흔한 시선으로 보자면 전자는 피해자고 후자는 가해자다. 전자는 동정의 대상이고 후자는 비판의 대상이다. 이것이 일반적인 사고방식이다.

사건의 발단만 보자면 내가 가브리엘에게 무심하게 대했으니 나의 잘못이다. 그렇지만 그건 무심함보다는 익숙함이라는 생각을 하니 점점 모래바람이 미워지고 가브리엘이 야속하다는 생각이 들었다. 한마디로 억울했다.

"나는 억울해!"

"그래, 맞아. 넌 가브리엘에게서 버려진 거야. 억울하기도 하겠지."

"네가 가브리엘을 어떻게 알지?"

"사실은 너와 모래바람이 실랑이할 때 그 위에서 목격하게 되었어. 그리고 멀리서 너의 행동을 주시했지."

"그랬구나. 그런데 한편으로는 자꾸 가브리엘에게 미안해. 이건 왜 그런 걸까?"

"그건 네가 착해서 그래. 그런 감정은 사치야. 가브리엘은 널 버렸어. 더군다나 넌 집으로 돌아가는 길도 모르잖아? 그런 너를 놔두고 가브리엘이 간 것은 무책임한 행동이야. 그러니 잊어버려."

"그렇지만 나는 그 아이가 없으면 집으로 돌아가질 못하는걸. 그 아이가 집으로 갈 수 있는 열쇠를 가지고 있어."

"너무 걱정하지 마. 너희 집까지 가는 길은 내가 알려줄 테니까."

"정말?"

"이 사막에서 날 만날 걸 행운으로 알아. 어서 금자루나 챙겨."

"고마워. 넌 참 친절한 까마귀구나."

나는 까마귀가 더없이 고마웠다. 이런 낯선 오지에서 친절한 까마귀를 만난 것은 행운이었다.

칠흑 같은 어둠을 뚫고 나와 까마귀는 동행했다. 어깨에 짊어진 금자루가 나의 발걸음을 더디게 했지만 동행이 있어 참을 수 있었다. 백 리 밖에 있는 사람보다 지금 내 옆에 있는 사람이 소중하다는 것을 다시 한 번 느꼈다. 지금 나에겐 까마귀가 그 누구보다도 소중했다. 이 소중함을 진작 느꼈더라면 가브리엘도 날 떠나지 않았을 것이다. 가브리엘에게 서운한 감정보다 미안한 감정이 새록새록 생겨났다. 까마귀는 낮게 날면서 나와 가능하면 보조를 맞추고 있었다. 때론 내 머리 위에 앉아 응원을 해주기도 했다.

"거의 다 왔어. 조금만 더 힘내!"

저만치 불빛이 보였다. 불빛에 어스름하게 비치는 천막들이 눈에 들어왔다.

"저기 사람들이 보여?"

"상인들이야. 네가 집으로 갈 수 있게 도와주려는 사람이 기다리고 있어. 내가 얼른 가서 너의 소식을 전할 테니 넌 천천히 오렴. 잊지 말아야 할 것은, 다른 곳으로 가지 말고 저 불빛을 따라 곧장 와야 해. 약속할 수 있지?"

까마귀는 이 말을 하고 쏜살처럼 천막을 향해 날아갔다. 나는 집에 간다는 생각에 들떠 있었다. 어깨에 멘 금자루도 가볍게 느껴졌다. 까마귀는 날아간 지 십여 분 만에 돌아왔다. 그때는 내가 천막 근처까지 당도했을 때였다. 까마귀는 혼자가 아니었다. 검은 터번을 두른 사내들과 함께였다. 사내들의 허리에는 칼과 총, 손도끼 같은 무시무시한 무기가 있었다. 갑자기 위기의식이 엄습했다. 순간, 나는 걸음을 멈췄다. 그때 그들은 나에게 달려들어 내 금자루를 빼앗고 나를 제압했다.

나는 그들에게 포박당해 그들의 우두머리 앞으로 끌려갔다. 그들은 사막에서 노략질을 해 먹고사는 화적패였다. 화적패 두목은 남자가 아닌 여자였다. 그 여자는 알몸이 보일 듯 말 듯한 빨간색 사리를 입고 보료 위에 앉아 있었다. 그런 그녀를 부하들은 팜므파탈이라고 불렀다. 치명적인 매력이라는 이름처럼 그녀는 요염하고 관능적이었다. 그녀를 보는 것만으로도 황홀경에 빠졌다. 그녀의 어깨 위에는 나와 동행했던 까마귀가 득의양양한 미소를 띠며 앉아 있었다. 까마귀를 보자 조금 전까지 황홀감에 도취되었던 내 기분이 사라졌고, 까마귀에게 침이라도 뱉고 싶었다.

"나에게서 금을 빼앗기 위해 날 이용한 거니?"

"그래. 나는 오늘 네 덕분에 팜므파탈 님의 사랑을 독차지하게 되었어.”

까마귀는 이미 황홀경에 취해 있었다.

“네가 어떻게 나를 속일 수 있지? 나는 널 친구라고 생각했어!”

“나는 너에게 날 믿으라고 한 적 없어. 사탕만 줬을 뿐이야. 넙죽 받아먹은 건 너야. 사람이 가장 온순해질 때가 언제인지 알아? 바로 위협을 느꼈을 때야. 죽은 사람의 손이라도 잡으려고 할 거야. 사람이 가장 간사해질 때는 또 언제인지 알아? 그건 위험에 빠졌을 때야. 죽은 사람의 손인 줄 알고도 잡거든. 만약 여기가 사막이 아니고 문명이 있는 곳이었어도 네가 내 사탕을 받아먹었을까? 더욱이 넌 너에게 그림자를 만들어주었던 친구까지 버렸잖아? 내가 널 이용했다고? 너도 날 이용했잖아? 너에게 오직 목적은 집으로 가는 거였잖아?”

“그래서 나를 이리로 유인해서 금을 빼앗기게 했니?”

“네가 목적이 있었듯 나에게도 이것이 목적이었어. 우린 서로의 목적이 달랐던 것뿐이야.”

나는 분노가 일었다. 그런데 하필 그 순간 왜 가브리엘이 생각났을까? 가브리엘에 대한 그리움이 생기자 가슴 안에서 소용돌이치던 분노가 서글픔으로 바뀌었다. 그리운 것들을 못 본다는 것은 서글픔이다. 나는 고개를 떨어뜨렸다. 눈물 한 방울이 떨어져 모래 속에 스며들었다.

“당신, 지금 울고 있는 거예요?”

그 순간, 요부 같은 눈웃음만 치던 팜므파탈의 음성이 들려왔다.

“슬퍼하지 말아요. 당신이 슬프면 내 마음도 슬퍼져요.”

그녀의 음성은 너무도 촉촉하게 내 가슴에 스며들고 있었다. 나는 고개를 들었다. 그녀는 여전히 비단으로 만든 보료 위에 앉아 있었다. 아까와 다른 것이 있다면 눈웃음을 치던 그녀의 얼굴이 슬픔으로 바뀌어 있었다는 것이다.

“나는 당신이 무엇 때문에 슬퍼하는지 알아요. 떠나간 친구가 그리워서 우는 거죠? 그러나 떠나간 것에 연연해한다는 건 바보 같은 짓이에요. 우리가 당신에게서 가지고 온 금들도 마찬가지랍니다. 그것 또한 지금은 우리 손에 있기에 당신 것이 아닌 거예요. 자, 이리 와요. 내가 안아줄 테니.”

그녀의 목소리는 너무도 매혹적이었다. 나는 그녀의 목소리에 홀릴 수밖에 없었다. 그래서 결박된 몸으로 일어섰다. 그러나 내가 일어서자 옆에 있던 부하가 다시 주저앉혔다. 그 광경을 보고 그녀가 흐느끼기 시작했다.

“미안해요. 내 부하들은 당신의 슬픔을 보지 못해요. 저들은 오로지 나의 안전만을 생각한답니다. 나는 당신을 결박한 부하들이 밉지만 저들의 충정을 알기에 혼낼 수가 없어요.”

사람을 제일 약하게 만드는 것은 눈물이다. 그것을 나는 그때 알

았다. 이성 또한 마비시킨다. 그녀의 눈물이 포로인 나에게까지 전달
되고 있었다. 그녀는 나를 진심으로 걱정해주고 있었다. 나는 그 마
음이 너무도 고마웠다. 나는 그녀를 사랑하게 되었다. 그녀의 눈에서
눈물이 나오지 않게 하고 싶었다. 나는 울컥거리며 올라오는 슬픔을
참으며 입을 열었다.

"미안해하지 말아요. 당신이 우니까 나도 눈물이 나오려고 해요."

이 말을 할 때는 이미 주위 사람이 보이지 않았다. 이 지구상에 그
녀와 나, 단둘만 존재하는 것 같았다.

"당신은 정말 나를 걱정해주는군요. 나는 느낄 수 있어요. 당신의
마음을. 그래요, 이제 안 울게요."

그녀는 말을 잇지 못했다. 눈물이 그녀의 얼굴을 타고 흘러내렸
다. 내 가슴이 미어졌다.

"그런데 나는 당신을 죽일 수밖에 없어요. 우린 당신의 금을 강탈
했기 때문에 도둑이 되었어요. 당신을 여기서 풀어주면 당신은 분명
군사들을 데리고 올 거예요. 그렇게 되면 우리는 죽게 될 거예요. 나
는 너무 무서워요. 당신을 죽일 수밖에 없는 우리를 용서하세요."

그녀는 보료를 떠나 내게로 다가왔다. 그리고 나를 포근히 감싸
안았다. 그 순간, 나는 이미 그녀가 되었다.

"사랑하는 사람을 위해 목숨도 마다하지 않는 당신이 너무 사랑스
러워요."

그녀의 음성이 내 귓불을 간질였다. 나의 이성은 녹아 없어졌다. 부하들이 나를 일으켜 세웠다. 내 이성이 돌아온 것은 내 몸이 나무 기둥에 묶여진 이후였고, 10미터 전방에서 총구가 나를 겨누고 있을 때였다. 순간, 정신이 번쩍 들었다. 일촉즉발의 상황에 내 이성이 돌아온 것이다. 그때 그녀는 내 금과 까마귀를 번갈아가며 어루만지고 있었다. 그 광경을 보자 분노보다 역겨움이 앞섰고, 내가 저런 여자에게 홀려 눈물을 흘렸다는 치욕스러움이 나를 난도질했다. 인간에게 있어 가장 무서운 감정인 치욕은 죽음도 두렵지 않게 만든다. 나는 그때 죽고 싶었다. 나를 겨누고 있는 총구도 무섭지 않았다. 나는 이 순간을 한시라도 빨리 벗어나고 싶었다. 그래서 총구를 향해 소리를 질렀다.

"빨리 쏴!"

내 목소리는 사막에 쩌렁쩌렁 울렸다. 내 목소리가 얼마나 컸는지 사막의 모래들이 하늘로 휘몰아치며 솟구쳤다. 그러고는 바람을 일으켰다. 바람은 점점 거세지고 있었다. 한치 앞도 분간하지 못할 정도로 모래들이 날렸다. 바람이 점점 거세지자 부하들 수십 명이 팜므파탈을 에워싸며 바리케이드를 쳤다. 그러나 그 대열은 얼마 버티지 못했다. 바람이 천막들을 날릴 정도로 휘몰아치자 사람을 홀리는 팜므파탈은 추하게 변했다. 그 모습을 본 부하들은 팜므파탈을 내팽개쳤다. 그녀의 사랑을 받고 있었던 까마귀는 이미 달아난 지 오래였다.

바람은 멈출 기미가 보이지 않았다. 오히려 더 강력한 회오리로 변해 천막을 집어삼켰다. 안간힘을 쓰며 버티고 있던 부하들과 말들도 집어삼켰다. 금자루도 집어삼켰다. 마지막으로 팜므파탈도 집어삼켰다. 나는 다행히 나무 기둥에 묶여 있어 안전했다.

사방을 아수라장으로 만들던 바람은 서서히 잦아들었다. 주위는 조용했다. 그러나 회오리바람은 떠나지 않고 있었다. 그렇다고 바람을 일으키고 있는 것은 아니었다. 이윽고 얌전한 바람이 된 회오리바람은 내게로 다가왔다. 내게로 다가오고 있는 바람은 티끌 하나 없는 너무나 투명하고 맑은 바람이었다. 그 바람 안에 가브리엘이 고결한 빛을 발하며 있었다.

"가브리엘!"

내게 도착한 바람은 가브리엘을 내려주었다. 가브리엘은 웃으며 말했다.

"아저씨, 괜찮아?"

"여긴 어떻게 알고 왔니?"

내 물음에 가브리엘 대신 동행한 바람이 말을 했다.

"어떻게 알고 오긴. 가브리엘은 떠나지 않고 네 옆에 있었어. 네가 보지 못했을 뿐이야."

"그랬구나. 고맙고 미안해. 그런데 너 혹시 모래바람이니?"

"아까는 모래바람이었지만 지금은 아니야."

"그런데 나는 왜 너희를 못 본 거니?"

"아까 헤어질 때 내가 이런 말을 했지? 사실 우리는 안 보이는 것 때문에 살고 있다고. 그중 하나가 믿음이야! 그러나 너는 네 옆에 있는 가브리엘을 믿지도 않았어. 그래서 네 옆에 있었는데 못 본 거야. 오히려 넌 팜므파탈과 악어의 눈물 그리고 사탕을 믿었지. 그 결과 넌 큰 위험에 빠진 거야! 자기를 지켜줄 수 있는 건 멀리 있는 것이 아니라 항상 나와 같이 있는 거야. 그걸 우린 사랑이라 불러."

7

햄버거보다 못한 부와 권세

"아저씨, 고개 들어봐!"

가브리엘의 목소리가 다시 들릴 때까지 나는 고개를 파묻고 눈을 감은 채 절망의 늪을 헤매고 있었다. 사막에서의 소란 이후 겨우 안정을 찾자 제일 먼저 떠오르는 건 잃어버린 금이었다. 나는 그때까지 잃어버린 금자루에 미련을 버리지 못하고 있었다. 새삼 금이 주는 유혹을 뿌리치기란 참 힘들다는 것을 다시 느꼈다. 나는 가브리엘의 채근에 마지못해 고개를 들었다. 고개를 들었을 때 눈 안으로 들어오는 세상에 화들짝 놀랐다. 내가 눈을 떴을 때 느껴야만 했던 공간에서의 시차는 100년 이상 차이가 나 있었다. 나는 캐시미어로 짠 턱시도와 소가죽으로 만든 구두를 신고 있었고, 뜨거운 모래 위가 아닌 양가죽으로 만든 고급스러운 소파 위에 있었다. 나는 영국의 고관대작이나 왕가 사람이 되어 있었다.

"대체 이게 어찌 된 일이니?"

"모래바람이 아저씨와 날 이리로 데려다줬어. 그리고 아저씨는 소원대로 부자가 된 거야."

"진짜?"

"부자가 되어서 좋아?"

"아마 부자를 싫어하는 사람은 없을걸. 이런 일이 어떻게 나한테 일어난 거니?"

나는 매우 들떠 있었다.

"아저씨는 지금 신분이 높은 사람이 된 거야. 이곳에선 아저씨를 보고 백작이라 불러."

"오호! 내가 지금 한 주를 통치하는 영주, 백작이 된 거지? 역시 부가 생기니까 권세도 따라오네. 내가 원하던 삶이야. 그럼 군사는 물론 시녀들도 있겠네? 집사도 있고?"

"물론 있었지."

"그럼 지금은 없다는 말이니?"

"응."

"왜?"

"몇 년째 아저씨가 다스리는 이 주가 흉작에 시달리고 있거든."

“흉작? 그럼 기근이라도 들었단 말이니?”

“응.”

“이 고얀 것들이 주인을 내팽개치고 도망이라도 쳤단 말이야?”

“도망간 것보다는 아저씨가 그 사람들을 먹여 살릴 형편이 아니니 제 살길을 찾아 떠난 거야. 그리고 그중 일부는 아저씨가 다른 귀족에게 팔아넘겼고, 도망가다가 잡힌 일부는 교도소로 보냈지.”

“내가? 말도 안 돼. 여기 보렴. 벽에 걸린 고풍스러운 그림이며 저기 은으로 만든 촛대들…….”

“그럼 뭘 해? 먹을 게 하나도 없는데.”

“왜 없어?”

“아저씨 집에서 일하던 사람이 양식을 다 가져가버렸거든. 심지어 말린 말고기까지 가지고 갔어. 넓은 정원이 있는 대저택도 불질러버렸어. 시민들은 자신들이 굶주리게 된 이유가 모두 아저씨가 통치를 잘못한 탓이라고 생각하고 있거든. 그 때문에 아저씨는 궁궐 같은 집을 버리고 도심가에 있는 이 집으로 오게 된 거야. 이곳은 집무실 겸 파티 장소로 쓰이는 곳이야. 이런 집은 여기 말고도 몇 채 더 있어. 아저씨만의 아방궁이라 생각하면 돼.”

“이런 고얀 놈들! 주인의 은덕을 모르는 배은망덕한 놈들이구나. 그래도 괜찮아, 그까짓 거 뭐 몇 푼 된다고! 다시 사면 돼.”

“아저씨, 많이 너그러워졌네?”

“그게 바로 돈의 힘이란다. 넉넉하면 사람은 너그러워져. 하하하!”

“아저씨는 뭐든 돈으로 연결시키네. 돈으로 넉넉함을 사는 아저씨의 말에는 동의할 수 없지만 넉넉한 사람이 너그러워진다는 말에는 가슴이 움직여.”

“가난하면 여유가 없어지는 건 사실이란다.”

“가난의 기준이 뭔데?”

“여유가 없는 거야.”

“어떤 여유?”

“생활 형편의 여유.”

“아저씨가 말하는 생활 형편이란 돈이 없는 가정 형편을 말하는 거야?”

“그렇지.”

“그렇다면 부자인 사람 중엔 너그럽지 못한 사람도 있는데 그들은 왜 그런 거야?”

“그 사람은 못된 사람이라 그래!”

“그건 마음이 고약하다는 것과 마찬가지인 거지?”

“두말하면 잔소리!”

“그렇다면 그들은 돈과는 상관없이 마음에 여유가 없는 사람은 아닐까? 마음이 고약하면 너그러움이 비집고 들어갈 틈이 없잖아?”

“……”

나는 할 말이 없었다. 나에게 여유가 없는 것은 부유하지 못한 삶 때문이지만 그 생각 역시 마음으로부터 나온 것이다.

"반대로 가난한 사람 중에도 너그러운 사람이 있잖아? 위대한 철학자나 성인들 중에는 부자보다는 가난한 사람이 더 많잖아? 너그러움은 돈과는 상관없이 마음의 여유로부터 시작되는 건 아닐까?"

"그게 결코 쉬운 게 아니란다. 자기도 모르는 순간에 이미 선택하고 길들여진 우리야. 빠른 선택을 해야만 남보다 앞설 수 있다고!"

"쫓기면서 사는데 자신에게 너그러워질 수 있을까? 그들은 한 가지를 모르고 사는 것 같아. 세상 속의 주인공은 자신일 수밖에 없다는 것 말이야."

"주인공? 너무나 식상한 말이구나. 그런 말로는 그들의 사고를 바꿀 수 없고 위로 또한 할 수 없어."

"아저씨는 누굴 위해서 숨을 쉬고 있어?"

"당연히 나를 위해서지."

"그러니까 주인공이지."

"내가 주인공이라고 생각하며 살면 얼마나 좋겠어? 하지만 세상은 그렇게 내버려두지 않아. 왜냐하면 지금 구세주는 돈이기 때문이야."

"살기 위해서는 어느 정도의 돈이 필요한 건 맞지만 구세주는 아니라고 생각해. 만약 전쟁이 일어났다면 아저씨는 어떤 걸 제일 먼저

챙길 거야?”

“그야 당연히 재물이지.”

나는 서슴없이 대답했다.

“그럼 지금과 같이 기근이 들었을 때 소중한 것 하나를 고르라면 무엇을 고를 거야?”

이 질문에서는 솔직히 망설였다. 기근이라면 먹을 것과 깊은 연관이 있었기 때문이었다. 그러나 나의 망설임은 그다지 길지 않았다.

“역시 재물이지!”

“아저씨한테는 제일 소중한 것이 재물이구나? 그런데 아저씨의 대답은 틀린 것 같아.”

“뭐가 틀렸다는 거야?”

“곧 어두워질 것 같은데 우리에겐 먹을 것이 없어.”

“그거야 구하면 돼. 아저씨를 믿어보렴. 오늘 저녁은 최고의 저녁이 될 테니까. 아저씨가 먹을 것을 구해 올 테니 잠깐만 기다리렴.”

나는 이 기회를 구겨진 내 체면을 살릴 수 있는 찬스로 잡았다.

“어떤 걸로?”

“여기 눈에 보이는 것들이 죄다 값나가는 것들인데 이것들을 팔아서 구하면 되지. 그래, 이거면 되겠구나. 이 은촛대 하나면 충분하지 않겠어?”

나는 의기양양하게 은촛대와 지팡이를 들고 집을 나섰다. 거리에 나오니 생각지도 못한 건조한 풍경이 위태롭게 펼쳐져 있었다. 생기 하나 없는 거리는 입김이라도 혹 내뱉으면 맥없이 허물어질 것 같은 건물들로 채워져 있었다. 거기에는 먼지의 서걱거림만 있을 뿐 온기와 물기는 없었다. 뿐만 아니라 오가는 사람 역시 어깨를 축 내려뜨리고 맥없이 거닐고 있었다. 어떤 이는 걷는 것조차 힘겨운지 동공이 풀린 채 벽에 몸을 부리고 앉아 있었다. 정말이지 삭막하고 고요마저 잠든 듯 을씨년스러운 거리였다. 고딕 양식으로 건축한 건물들이 즐비했지만 여기에 어울리는 마차들은 다니지 않았다. 아니, 마차는 있으되 정차해 있는 빈 마차들뿐이었다. 마차 지붕 위에 먼지가 켜켜이 쌓여 있는 걸로 보아 세워둔 지 꽤 오래되어 보였다. 그나마 오가는 사람이 보이지 않았다면 이 도시는 마치 정지된 유령 도시 같아 보였을 것이다.

움직인다는 것이 있다는 게 새삼 반갑게 다가왔다. 그 기분은 이 국땅에서 동향의 풍경이 담긴 사진을 본 것과 같았다. 그러나 이 순간을 방해라도 하듯 갑작스럽게 그악스러운 개가 나타났다. 그 개는 내가 낯선 도시에서 상점을 찾고 있을 때 어두운 골목에서 '컹' 하며 튀어나왔다. 그러고는 나를 노린 듯 맹렬히 돌진해 곧바로 내 몸을 덮쳐 왔다. 순간, 나는 아찔한 위협을 느꼈고 반사적으로 들고 있던 지팡이로 개의 머리를 쳤다. 곤충도 제대로 못 죽이는 내게 그 같은 괴력이 나올 줄은 몰랐다. 나에게 머리를 정통으로 얻어맞은 개는 그 어떤 반격도 없이 그 자리에 널브러졌다. 순식간에 벌어진 일이었다. 내가 제정신으로 돌아온 것은 몇 사람이 널브러진 개의 사지를 잡고 서로 가지고 가겠다며 뒤엉켜 싸우고 있을 때였다. 그들은 더 이상 절망으로 맥이 풀린 사람들이 아니었다. 사냥한 한 마리의 짐승을 두고 서로 싸우는 맹수들이었다.

나는 갑자기 무서워졌다. 아무리 기근이 들어 먹을 것이 없어도 개 한 마리를 가지고 아귀다툼이라니, 눈으로 보고도 믿을 수 없었다. 나는 그들을 뒤로 하고 종종걸음을 쳤다. 한시라도 빨리 그곳을 벗어나고 싶었다. 그들은 마치 피를 찾기 위해 거리를 헤매는 좀비 같았다.

그들을 피해 한 블록을 지나자 마켓이라고 쓰여 있는 상점이 눈에 들어왔다. 그런데 그 상점은 평소 내가 보던 상점과는 사뭇 다른 불손한 모습이었다. 마치 교도소처럼 삼엄한 기운이 감도는 곳이었고 삭막한 한기가 느껴지는 곳이었다. 입구는 강철판으로 만든 문이 자물쇠에 잠긴 채 막고 있었으며 미사일이 폭격해도 끄떡없을 것 같았다. 차라리 철옹성에 있는 철문이었다면 장엄하게라도 보였을 텐데 장엄하기보다는 위압감만 주었다. 뿐만 아니라 진열장 유리관도 철판으로 봉쇄되어 있었다. 입구에는 거구의 몸으로 험상궂게 생긴 사람이 산적들이나 가지고 있음직한 쇠방망이를 들고 통제하고 있었다.

　나보다 먼저 온 사람들이 줄지어 서 있었다. 그들의 모습은 마치 배급소에 배급을 받으러 온 행렬을 연상케 했다. 내가 이렇게 표현할 수밖에 없는 이유는 물건을 주고받는 통로가 마치 배식구처럼 생겼기 때문이다. 마켓의 표면적인 모습을 보면 초대형 전당포가 알맞을 것 같았다. 왜냐하면 3층 높이의 상점 앞에 줄 선 사람 역시 나처럼 무언가를 들고 있었고, 그것으로 자신이 필요한 것과 바꾸고 있었기 때문이다. 물건을 주고받는 통로는 굳게 봉쇄한 강철문 옆면을 개조해 사용하고 있었다. 그곳에는 도르래에 연결된 운반 기구가 있었는데 아마도 큰 물건을 위층으로 나르는 용도로 쓰이는 것 같았다. 의사소통은 배식구 위로 봉합되어 있는 강화유리를 통해 하고 있었다. 강화유리의 일부는 구멍이 숭숭 뚫려 있었다.

　“통조림 두 개밖에 안 돼.”

　“뭐요? 그 그림은 다빈치가 그린 진품이라고!”

　“진품이건 아니건 나는 관심 없소. 다음!”

　상점 주인과 그림 주인 사내가 실랑이를 벌이고 있었다. 그들의 말을 처음 들었을 때 나는 내 귀를 의심했다. 그러나 오래지 않아 그 소리가 잘못된 것이 아님을 알았다.

　“아, 아니오. 그럼 그거라도 주시오.”

　그림의 주인이 울며 겨자 먹는 심정으로 통조림 두 개를 받고 그림을 넘겼다. 솔직히 그 그림이 진품인지 아닌지 나는 모른다. 다빈치가 천재 화가였긴 하나 그가 남긴 그림이 그다지 많지 않다는 건 익히 알려진 사실이다. 다만 내가 알 수 있는 것은 표구 값만 해도 통조림 두 개 값보다는 더 나간다는 것이었다. 하지만 그들은 냉혹했다. 억울해하는 그 사내에게 일말의 가책과 동정 없이 통조림 두 개를 안겨주었던 것이다.

그런데 더욱 황당한 일은, 부당한 대우를 받은 그 사내 또한 이전과는 다른 냉혹한 모습으로 변하더니 자리를 급하게 떠났다. 통조림을 신줏단지 모시듯 품에 안고 경계의 눈빛을 켜고 부리나케 자리를 떠났다. 그 사내뿐만 아니라 그다음 사람도 그리고 그다음 사람도 마찬가지였다. 그중의 어떤 이는 10캐럿짜리 다이아몬드와 밀가루 한 포대를 바꾸어 갔다.

이윽고 내 차례가 왔다. 나는 앞의 과정을 보았기 때문에 내가 가지고 온 물건이 비록 은촛대라 해도 이곳에서는 연필 한 자루 값도 못 되는 물건임을 알고 있었기에 주눅이 들어 있었다. 나는 은촛대를 조심스럽게 꺼내며 물었다.

"이걸로는 무엇을 내어주겠소?"

상점 주인은 너무나도 쉽고 빠르게 나를 응대했다.

"다음!"

그는 내가 보인 은촛대를 거들떠보지 않았다. 그냥 무시했다. 그러고는 차례를 기다리는 내 뒷사람을 호출했다. 이미 예상한 일이었지만 막상 당하고 나니 오기가 생겼다. 나는 그대로 물러날 수 없었다. 그래서 그 은촛대에 곁들여 손목에 차고 있던 시계를 빼서 얹었다. 새로운 흥정을 위한 시도였다. 그 시계는 아버지께서 대학 입학 기념으로 사준 시계였고 그만큼 나에겐 소중한 물건이었다. 그러나 나는 예상치 못한 모욕을 당해야 했다.

"명품도 아닌 싸구려 시계로 뭘 하자고? 아직도 겉모습으로 사람을 속이려는 심보를 못 고쳤어. 겉모습을 이용해 사람을 미욱하게 만들려고 하는 당신 마음은 이 시계보다 더 저렴한 거야."

'눈에 보이지 않는 것 때문에 살고 있다'라는 모래바람의 말이 생각났다. 지금 상황에서 그 말의 속뜻은 '공기'를 말하는 것이다. 사람이 호흡할 수 있는 공기는 산소와 공간의 분위기다. 이 두 가지 다 기류를 타고 사람의 마음속으로 들어온다. 그러나 이런 감회도 잠깐이었다. 상점 주인이 나에게 모멸감을 주었기 때문에 불쾌해진 나를 설득하기엔 역부족이었다. 나는 자존심에 손상을 입었다.

"이건 내게 소중한 거요!"

"그건 당신에게나 소중한 거지 내겐 소중한 게 아니야. 백작인 당신에게 소중하다고 해서 다른 사람도 그렇게 생각해야 해? 좀 더 솔직하게 말하는 게 좋지 않을까요, 백작 나리? 지체 높은 백작이 주는 것이니 영광으로 생각하고 먹을 것을 내놓아라, 하는 게 당신이 원하는 거잖아?"

나는 상점 주인의 말에 아무런 말도 하지 못했다. 그것도 잠깐, 그는 나에게 더 심한 모욕감을 주었다. 아니, 그건 차라리 모욕을 넘어 비굴을 강요하는 소리였다.

"만약 당신이 그 위선과 명예를 버리고 나에게 선생님이라고 한다면 백작 나리에게 밀가루 한 포대를 주지."

그는 초면인 나에게 너무나 무례했고 나의 비위를 점점 상하게 했다. 나는 명예라고 말할 수 있는 짓을 한 적이 없을뿐더러 그 시계가 명품이라고 한 적도 없기 때문이다. 그러나 그 순간 가브리엘이 한 말이 생각났다. 나는 이곳의 백작이었고, 내가 통치를 잘못해서 부리던 사람들이 대저택을 불태웠고, 그들이 내 재산을 가져갔다는 말 때문에 상점 주인이 왜 나에게 이런 무례를 범하고 있는지 조금은 이해가 되었다. 그러나 억울했다. 억울함 뒤에 오는 수모는 나를 더욱 불쾌하게 만들었다.

"뭔가 오해를 한 모양이군요. 나는……."

이 말 뒤에 무언가 더 말을 하려고 했지만 상점 주인은 기회를 주지 않고 잘라버렸다.

"오해라? 그럼 위압감을 주기 위한 그 차림은 허세 아닌가? 백작 나리도 봐서 알잖아? 여기 오는 사람이 가지고 오는 물건들이 어떤 것들이었는지, 백작 나리가 가지고 온 물건보다 갑절은 더 나가는 물건들이야. 말끔한 신사복 차림으로 은촛대라도 내게 주면, 내가 황송

하다고 할 줄 알았나? 대체 그 배짱이 허세가 아니라면 뭐지? 당신의 행동은 가증스러운 화장술로 사내들을 홀리려 드는 여자들이 하는 것과 마찬가지야.”

나는 그때 나에게 벌어지고 있는 상황을 인정하지 않았을뿐더러 연거푸 들려오는 백작이란 소리에 실감 못하고 있던 사회적 지위가 내 자존심을 더욱 부추겼다. 나는 기어이 상점 주인에게 백작다운 으름장을 놓았다. 더구나 모욕감을 받았기에 내려앉은 내 명예를 회복시켜야만 했다. 그건 내 사명과도 같았다.

“그래, 내가 이 주를 다스리는 백작이다. 일개 장사치 주제에 백작인 나에게 이렇게 무례하게 굴어도 되느냐?”

“뭐라고? 갈수록 가관이로군! 지금 하루가 다르게 굶어 죽어가는 사람이 늘어나는 판국인데 개도 안 물어 갈 지위 타령은 쯧쯧. 이봐, 고매하신 백작 나리! 당신 뒤에 서 있는 사람들은 당신만 못해서 애지중지하는 재물들을 가지고 와 먹을 것을 구하려고 하는 줄 알아? 살아남기 위해 필사적으로 버티고 있는 거라고. 알아들었으면 어서 썩 꺼져! 당신이 진정 지위를 지키고 싶다면 저 사람들을 위해 자리를 비켜주는 거고, 존경을 받고 싶다면 저 사람들이 들고 있는 짐을 들어주는 거야. 알아들어? 당신같이 탐욕과 허세로 배를 채우는 포악한 군주들 때문에 이 사람들이 배고픔에 시달리고 있는 거라고. 착각하지 마! 지금 당신이 가지고 있는 권세는 깡통보다도

못한 허섭한 것이니까. 당신이 자꾸 여기서 버티면 나 오늘 장사 안
해. 그러면 당신 어찌 되는지 알아? 하긴 지금까지 손에 흙 한 번
안 묻히고 허세로 살던 양반이 알 리가 없지. 내가 오늘 영업을 안
하면 어찌 되는지 보여주지. 오늘 영업 끝났어. 다들 돌아가. 참고
로 알아둬, 날 이렇게 야박하고 포악하게 만든 것도 당신이라는
걸!”

상점 주인은 나에게 당해보란 듯이 일별을 하고 난 후 배급 창을
소리가 나도록 닫았다. 그와 동시에 내 뒤에서는 애원의 소리로 범
벅된 아우성이 들려왔으며 누군가가 나를 밀치며 닫힌 배급 창을 두
드렸다.

“이보시오! 다시 문을 열어주시오. 나는 열 시간을 쉬지 않고 걸어
서 이곳까지 온 사람이오. 오늘 먹을 것을 구하지 못하면 우리 아이
들이 굶어 죽어요!”

그러나 상점 안에서는 아무런 변화가 없었다. 한동안 애원하던 사
내도 포기한 듯 행동을 멈추었다. 그러고는 멀뚱히 서 있는 나를 눈
에 각을 세우고 쏘아보는 것이었다. 그의 눈빛은 상점 주인과는 사뭇
다른 눈빛이었다. 그의 눈빛이 살기를 띠고 있다는 것은 굳이 말을
해주지 않아도 알았다. 그 사내가 배급 창을 두드리는 동안 다른 이
들의 살기 어린 눈은 이미 나를 향해 있었다. 그들의 눈빛은 원망과
분노로 이글거렸으며 어떤 이는 나를 갈아 마실 것처럼 이를 갈고 있

었다. 그들은 나를 잡아먹을 기세로 조여 오고 있었다. 나는 위기감을 느꼈다. 그래서 뒤도 돌아보지 않고 뛰었다.

집에 도착한 나는 문을 걸어 잠갔다. 독이 오른 그들은 나를 죽일 기세로 붙잡으려 했고, 집 앞까지 왔을 때 간발의 차이까지 따라잡혔다. 그들은 분을 삭이지 못하고 현관문이 부서지도록 세게 두들기고 있었다. 나는 현관문에 등을 기대고 스르르 자리에 허물어졌다. 그들의 분기 섞인 아우성이 오싹하게 전달되고 있었다. 가브리엘은 우리에게 닥친 위기의식과 거리가 먼 측은함으로 나를 바라보고만 있었다.

"너도 알고 있겠지? 이 상황에 대해서 말이야."

"아저씨가 보고 느꼈듯이 저들은 지금 아저씨를 죽이려고 해."

"왜? 그깟 먹을 거 때문에? 한 끼 굶는다고 죽는 건 아니잖아?"

"아니, 죽을 수도 있어."

가브리엘의 음성은 담담했다.

"말도 안 돼. 한 끼 굶는다고 죽는 사람이 어디 있어?"

"아저씨에겐 한 끼지만 저 사람들 중에는 적어도 사흘, 아니 열흘이 지나도록 아무것도 못 먹은 사람도 있을 거야. 그리고 저 사람들이 아니더라도 저들 가족 중 누군가는 굶어서 죽을지도 모르지. 아저씨는 지금 한 끼를 굶었는데도 배가 고프잖아. 저들은 어떻겠어? 하긴 한 끼 굶은 사람이 어떻게 며칠 굶은 사람의 심정을 이해하겠어?"

"그 정도로 기아가 심각하니?"

"아저씨는 보고도 몰라? 이 나라에 기근이 든 건 벌써 5년째야."

"그렇게나 되었어? 아까 상점 주인이 나 때문에 이렇게 되었다는
데 내가 대체 무엇을 했기에 그러는 걸까?"

"자신들의 탐욕에 눈이 먼 군주들이 세금으로 백성들의 종자까
지 다 긁어 갔거든. 그들은 부를 이용해 권세를 잡고 또 부를 채우
려 했어. 아저씨, 이 나라에도 비는 와. 그런데 밭에 심을 종자가 없
어. 종자가 없는데 땅이 기름진들 무슨 소용이겠어? 기근이라는 것
이 꼭 기후와 연관되었다고는 생각하지 마. 아저씨는 왜 부자가 되
고 싶어 해?"

"그야 모든 걸 이룰 수가 있으니까?"

"아저씨가 말하는 모든 것에 나눔도 있을까?"

저 말은 가브리엘의 혼잣말이었다. 설사 혼잣말이 아닌 나에게 하
는 직접적인 물음이었더라도 나는 말문이 막혔을 것이다. 내가 부자
가 되려는 이유는 내가 이루고자 했던 목표만이 있었을 뿐 나눔은 없
었다.

"아저씨, 눈에 보이는 이 모든 것이 모두 아저씨 것이라 생각해?
아저씨가 가지고 나간 은으로 만든 촛대는 아저씨에게 오기 전까지
다른 곳에 있었고, 아저씨가 입고 있는 옷도 엄밀히 따지면 염소의

것이었어. 그 털이 탐나는 인간들이 옷으로 만든 것이지. 이 방에 있는 온갖 진귀한 물건들도 어쩌면 아저씨 것이 아니었을지도 몰라. 백성들의 것을 강탈했는지도 모르지.”

“그럼 내가 이 난국을 모면하려면 어떻게 해야 하니?”

“먹을 것을 줘야지. 그래야 저 사람들이 살아갈 테니까.”

“먹을 거라니? 우리가 먹을 것도 못 구했는걸!”

“이거라도 줘.”

가브리엘은 내게 봉지를 건넸다. 봉지 안에는 사과 몇 개가 들어 있었다.

“사과?”

“내가 다른 상점에 가서 구한 거야. 물론 저걸 구하는데 금으로 만든 훈장 두 개가 나갔지만 말이야.”

“금으로 만든 훈장이라니?”

“국왕이 아저씨한테 작위를 줄 때 줬던 하사품.”

“뭐! 미쳤니? 그 중요한 것과 사과를 바꾸다니!”

“아저씨, 배고픔에는 제아무리 값비싼 재물과 권위도 사과 한 개만도 못한 것이 돼.”

“재물이 있기에 먹을 것을 구할 수가 있는 거란다.”

“아저씨, 아직도 모르겠어? 그 말을 뒤집어봐. 먹을 것이 있으니까 재물이 필요한 거잖아? 먹을 것이 먼저고 다음이 재물이라는 생각은 안 들어? 이미 답이 나와 있는 문제라고. 그걸 왜 몰라?”

“너는 아직 경제관념이 없어서 그래.”

“그렇다면 아저씨는 은촛대와 무엇을 바꿨어?”

“……”

나는 할 말이 없었다.

“지금 아저씨가 할 일은 나를 나무라는 게 아니라 저 성난 사람들을 달래는 일인 것 같아.”

밖에서의 아우성은 아까보다 더 커졌다. 저들은 기어이 문이라도 부수고 들어올 기세였다. 문을 걸었던 잠금 장치도 서서히 저들의 힘에 밀리고 있었다. 나는 부랴부랴 문을 열고 사과를 건네주었다. 그들은 돌아갔고 나는 위기에서 벗어날 수 있었다.

“가브리엘, 미안하구나. 아저씨 때문에 네가 힘들게 구해 온 사과를 잃게 해서.”

“아저씨, 그건 잃은 게 아니라 원래 주인에게로 돌아간 거야.”

“어째서?”

“아마도 저들은 아저씨만 아니었다면 오늘 저녁은 굶지 않았을 거야. 그 상점에서 먹을 것을 구했을 테니까. 그런데 아저씨가 방해를 해서 못 구하게 된 거지. 아저씨를 쫓아온 것도 자기네 몫을 찾기 위해서잖아? 그리고 자기네 몫을 찾아갔어.”

“그렇게 생각해줘서 고맙구나. 그렇지만 아저씨 때문에 너까지 굶게 되었잖아? 그래서 아저씨 마음은 아프단다."

"나는 오히려 아저씨가 고마운걸."

"왜?"

"만약에 아저씨가 저들을 나 몰라라 하고 그 사과를 주지 않았다면 아저씨를 미워했을 테니까."

가브리엘의 말에 나는 숙연해졌다. 만약 내가 위기의식을 느끼지 않았더라도 저들에게 사과를 내주었을까? 내 배가 고픈데 과연 저들을 위해 내 몫을 줄 수 있었을까? 나는 그때 위기의식에서 준 것이다. 양심에 찔려서 그런 것이 아니었다.

그날 가브리엘과 나는 저녁도 거른 채 밤을 맞이했다. 밤이 깊어갈수록 나는 배고픔이 더해만 갔다. 그러나 가브리엘의 표정은 매우 평온해 보였다. 오히려 밤하늘을 수놓은 은하수를 보며 감상에 빠지는 여유까지 보였다.

"아저씨, 아저씨에겐 별이 있어?"

"글쎄, 별로 생각해보지 않아서."

"그럼 지금 만들어봐."

"귀찮아."

"그래도 별은 꼭 만들어야 해. 그 별이 아저씨를 움직이게 해주고 날개도 달아줄 테니까."

"……."

나는 가브리엘의 말에 아무런 대꾸도 하지 않았다. 배가 고픈 상태에서 철부지 아이와 말장난이나 하고 있는 내가 한심했고 짜증났다. 나는 소파에 벌렁 누워버렸다. 그러고는 눈을 감았다. 이럴 땐 자는 게 가장 좋은 방법이라는 걸 오래전에 터득했다. 열한 살 때 보이스카우트였던 나는 청소년연맹에서 주관하는 수련회에 참가한 적이 있었다. 본의 아니게 집을 떠난 나는 지정된 야영지에서 야영과 극기 훈련을 받아야 했으며, 참으로 운이 없게 가장 바보 같은 아이와 룸메이트를 했다. 나의 룸메이트는 밤만 되면 감성적으로 바뀌는 아이였다. 종일 극기 훈련을 받느라 심신이 지쳐 있던 나에게 룸메이트의 느끼한 말은 나의 잠을 방해하기에 충분했으며, 잠을 설친 지 사흘째 되던 날 나는 급기야 짜증을 내고 말았다. 하지만 룸메이트는 내 반응에 아랑곳하지 않고 같이 있는 일주일 내내 변함없었다. 나 또한 룸메이트에게 관심을 끊는 방법을 강구해야 했다. 그 방법은 그냥 무시하고 자는 것이었다.

그러나 지금은 어린 시절에 겪었던 것과 달리 고단한 몸과 마음 외에 배고픔이 보태졌다. 감은 눈 속에 펼쳐져 있는 어둠의 입자 대신 떠다니는 것들은 온통 먹을 것들의 환영이었다. 잘 구워진 구릿빛 통돼지 바비큐, 두툼한 햄버거, 탐스럽고 싱싱한 각종 과일들이 날 유혹하며 공중에 떠다니고 있었다. 입안에 침이 가득 고였다. 그러나 그것이 현실이 될 수는 없었다.

여덟 살 때 나는 마법사가 되고 싶었다. 내가 원하는 모든 것을 지팡이 하나로 뚝딱 만들어내는 마법사. 그러나 실현 가능성이 없는 걸 바란다는 자체가 어리석고 시간 낭비라는 것을 아는 지금은 비애와 체념이 그 자리를 메우고 있다. 나는 감은 눈 속에 부유하는 부질없는 것들을 지우기 위해 다시 눈을 떴다. 그런데 어찌 된 일인지 내 눈앞에 좀 전까지 날 유혹하던 햄버거가 있었다.

"아저씨, 이거 먹어."

그 햄버거는 가브리엘의 손에 들려져 있었다. 반가움에 나는 몸을 벌떡 일으켰다.

"어디서 났어?"

"금나라에서 아저씨가 안 먹은 걸 내가 챙겨 온 거야. 이제는 짜증 나지 않지?"

이 세상 그 누구보다 가브리엘이 고마웠고 햄버거가 반가웠다. 나는 고마움의 표시로 가브리엘에게 햄버거 반을 잘라주었다. 우리는 세상에서 가장 맛있는 햄버거를 먹었다. 가브리엘도 아주 맛있게 먹었다. 그 모습이 너무나도 행복해 보였다.

"아저씨, 아직도 아저씨는 재물이 햄버거보다 중요하다고 생각해?"

그 말에 나는 자신 있게 대답했다.

"아니."

비록 반 토막의 햄버거였지만 내가 느낀 행복은 말할 수 없을 만큼 큰 것이었다. 그로 인해서 소중함이 무엇인지 깨달았다. 권세나 재물의 씨앗은 탐욕이다. 그 탐욕은 남을 죽이고 결국 나까지 죽게 만든다.

8

간이역 오아시스

나는 행복감에 젖어서 실로 오랜만에 단잠을 잤다. 그러나 막상 일어났을 땐 그 행복감을 생각할 사이도 없이 뜨거움부터 느껴야 했다. 내가 깬 곳은 전에 있었던 사막 위였다.

"아저씨, 깼어?"

"우리가 왜 다시 여기 온 거니?"

그러나 내 말을 기다렸다는 듯 대답을 한 것은 가브리엘이 아니라 모래바람이었다.

"어제 백작의 나라로 가게 된 곳은 여기였으니까. 다시 돌아온 건 여기에 시작이 있기 때문이야."

"다시 시작할 게 뭔데?"

“네가 잃어버리고 사는 것. 나침반과 지도가 없어도 찾아지는 것. 그리고 내가 말해줄 수 있는 것은 느껴야만 알 수 있는 거야. 그 것은 스스로가 느끼려고 노력도 해야 하고 기다림의 과정도 거쳐 야 해.”

“눈에 보이지만 느껴야만 알 수 있는 것? 솔직히 너도 모르지? 너 도 모르면서 무엇을 찾으라는 거니?”

“거기서부터 시작이야. 알게 된다는 것은 의문부터 시작하는 거라 고. 의문은 의심과 다른 거야. 의심은 나를 상하게 하지만 의문은 나 를 깨워. 의심에는 어떤 식이든 두려움이 있기 때문에 나를 상하게 하는 거야. 두려움이 큰 만큼 의심도 커.”

모래바람이 지금 무슨 말을 하는지 알 수 없었다. 마치 미로에서 퍼즐을 맞추고 있는 기분이었다. 너무 막막한 것이었다. 가브리엘은 아는 눈치였다. 내가 난감해하며 가브리엘을 보았을 때 가브리엘은 답을 알고 있다는 양 눈을 찡끗거렸다.

“건망증에 걸린 아저씨, 이제 갈까요?”

“건망증? 난 건망증 없어!”

“사람들은 건망증이 있어. 아저씨도 어제 정작 소중한 것이 무엇 인지 모르고 있었잖아? 사람들은 그걸 곧잘 잊어먹고 살거든. 그러 니 건망증 환자지 뭐야?”

“……”

　가브리엘의 말에 나는 뭐라 할 말이 없었다. 사실 나는 얼마든지 반박할 수 있는 논리를 가지고 있었다. 처해진 상황에 따라 사람의 마음이 변하는 건 어쩔 수 없는 것이다.

　우리는 끝없이 펼쳐진 사막 위를 벌써 두 시간째 걷고 있었다. 끝없이 펼쳐진 사막은 마치 제자리걸음을 하고 있는 것 같은 착각이 들 정도로 똑같은 모습뿐이었다. 나는 목도 마르고 숨도 턱까지 차서 짜증낼 기운도 없었다.

　"가브리엘, 아직 멀었니?"

　"아저씨가 느껴봐. 가까이 왔는지."

　"느껴보라니? 너도 모른단 소리니?"

　그 소리에 나는 그나마 남아 있던 기운이 싹 빠져나갔다. 나는 자리에 털썩 주저앉았다.

　"아저씨, 힘들어?"

　"그래, 힘들구나."

　"아저씨를 제일 힘들게 하는 게 뭐야?"

　"더위를 견디는 것도 힘들고, 가도 가도 똑같은 이 사막의 미로도 그렇고, 목도 말라."

　"그런데도 아저씨가 여기까지 온 목적은 뭐야?"

　"무슨 말이니?"

　"아저씨가 여기까지 무엇을 위해 온 거냐고?"

“그야 물을 마시기 위해서지. 지금 나에게 가장 절실하게 필요한 것은 물이야.”

“그런데 그 목표를 달성하지 못하고 여기에 마냥 앉아만 있을 거야?”

“철모르는 꼬마야, 주위를 보렴. 여긴 온통 사막뿐이란다. 가도 가도 끝없는 사막. 우린 물을 찾기 위해 벌써 몇 시간을 걷고 또 걸었어.”

“철모르는 건 내가 아니고 아저씨야. 철이라는 건 때를 말하는 거 아냐? 농사로 말하면 작물을 심고 키우고 거두는 시기고, 철을 안다는 건 그 시기를 안다는 거잖아?”

“하고 싶은 말이 뭐니? 이 사막에서 농사라도 짓자는 소리니? 어느 세월에 작물을 심고 키워서 수확을 하지?”

“작물은 이미 심었는데 뭐. 지금까지 물을 찾기 위해 몇 시간 동안 걸어왔잖아? 이제 우리는 거두기만 하면 돼. 그럼 목표를 이룬 거잖아? 그러니까 아저씨의 노력을 헛되이 하지 말고 조금만 더 견뎌.”

가브리엘은 나를 부추기며 일어나게 했다. 솔직히 내가 일어선 건 가브리엘의 부추김 때문이 아니라 어른으로서의 체면 때문이었다. 내가 만약 이것저것 다 귀찮다고 했다면 그 모습이 아이에겐 투정으로 보였을 것이다.

그 후 우리는 한 시간 가량을 더 걸었다. 나는 이미 지칠 대로 지쳐 탈진할 지경이었다. 그때 하필이면 우리는 모래 언덕을 오르고 있었다. 나는 또다시 자리에 주저앉았다. 이건 고통이었다. 가브리엘은 저만치 앞서 가고 있었다.

"아저씨!"

주저앉은 나에게 가브리엘이 소리쳤다.

"이제 도저히 못 가겠어."

"아저씨, 이리 와봐요!"

가브리엘의 목소리는 들떠 있었다. 마치 겨울이 지나 노랑나비가 나풀거리며 날고 있는 것을 발견한 아이의 목소리와 같았다. 그러나 나는 너무나 지쳐 있었다. 이젠 어른의 체면이고 뭐고 생각할 기력도 없었다. 내가 아무런 미동도 하지 않자 가브리엘은 내게로 와 팔을 끌어당겼다. 나는 꿈쩍도 하지 않았다. 그런데도 가브리엘은 포기하지 않았다. 나는 마지못해 몸을 움직여 가브리엘이 이끄는 곳으로 갔다.

"아저씨. 저기 봐!"

모래 언덕 꼭대기까지 올라온 나는 가쁜 숨을 몰아쉬며 자리에 벌렁 누워버렸다. 현기증이 났다. 가브리엘의 목소리도 머리에서 맴돌 뿐이었다. 그냥 그 자리에 누워 죽음을 맞이하고 싶었다. 그만큼 나는 지쳐 있었다. 모든 걸 놓고 싶었다. 그러나 가브리엘은 그런 나를 그냥 두지 않았다. 가브리엘의 목소리가 재차 들려왔다.

"저기 보라니까!"

나는 마지못해 가브리엘이 가리키는 쪽으로 고개를 돌렸다. 그곳에는 그토록 찾아 헤맸던 오아시스가 있었다. 하늘빛 물이 넘실거리고 야자수가 바람이 내는 선율에 맞춰 춤사위를 벌이고 있는 파라다이스가 보였다. 그토록 고대했던 오아시스가 그곳에 있었다. 사막이 아름다운 건 오아시스를 품고 있기 때문일 것이다.

오아시스에 도착한 나는 물을 마음껏 들이켰다. 세상에서 가장 맛있는 물을 마셨다. 고생 뒤에 온 희열은 나에게 포만감을 주었고 세상 그 무엇도 부럽지 않은 사람으로 만들어주었다. 그러나 그것은 일시적이고 지속되지 않을 포만감이었다. 나에게는 최종 목적지가 아니었기 때문이다. 여기는 그저 잠깐 쉬었다 가는 쉼터 같은 곳이다. 그걸 깨닫는 데는 그리 길지 않은 시간이 걸렸다.

"갈증이 가셨으면 이제 그만 갈까?"

내가 야자수 그늘 아래에서 쉬고 있을 때 가브리엘은 포만감에 도취되어 있는 나를 깨웠다.

"어딜?"

"그새 잊은 거야? 아저씨의 최종 목적지는 집이지 여기가 아니잖아?"

"그건 맞지만 나는 좀 더 쉬고 싶어."

나는 일어나고 싶지 않았다.

"쉬는 건 아저씨 마음이야. 여기에 머물고 싶으면 머물러 있어도 돼. 하지만 이곳이 아저씨가 계획했던 목적지가 아니라면 지금 다가온 편안함에선 나와야 할 거야. 사막에서 만나는 오아시스는 최종 목적지로 가는 도중에 만나는 간이역 같은 곳이거든. 기차는 간이역에서 오래 머물지 않아. 또한 하차한 사람을 기다려주지도 않아. 주어진 시간에만 머물러 있을 뿐이지."

9

불행

사막의 길은 끝이 보이질 않았다. 얼마나 걸었는지 모른다. 나의 몸은 땀과 소금기로 가득했다. 목마름이 시작된 지는 오래다. 숨도 턱에 차고 다리도 풀렸다. 나는 주저앉기를 벌써 몇 번이나 했는지 모른다. 그저 쉬고 싶을 뿐이었다. 또다시 자리에 벌렁 누워버렸다.

"더는 못 가겠다. 갈 테면 이제 너 혼자 가렴."

"조금만 더 가면 돼!"

"이제 그만해. 너는 그 소리를 벌써 수십 번을 했어. 갈 테면 너 혼자 가."

"그건 어렵지 않지만 아저씨는 여기서 그냥 죽게?"

"그래."

"나도 더 이상 어쩔 수 없네 뭐. 근데 아저씨!"

"왜?"

"새벽이 오기 전 밤이 가장 어둡다는데……."

"또 무슨 소리를 하고 싶은 거야?"

그때 모래바람이 나타났다.

"사람이 가장 많이 주저앉는 시간이 바로 그 시간이거든. 조금만 참고 견디면 새벽이 오는데 그걸 못 견디는 사람이 많아. 그래서 새벽을 못 봐. 바로 너처럼."

"비아냥거릴 거라면 그만 가! 나는 여기까지 오는 동안 모래 언덕에서 다섯 번 구르고 모래 늪을 세 번 만났어. 그중 한 번은 빠지기까지 했어."

나는 이전의 아찔한 상황이 떠올랐다.

"근데 살았잖아, 그럼 된 거 아냐?"

"과연 네가 그 지경에 놓였다면 지금처럼 대수롭지 않게 말을 할 수 있었을까? 관두자. 나는 너랑 말씨름할 기력이 없어."

"그런 일을 겪어서 불행하다고 생각하니?"

"수많은 사람이 사막에 오지만 나와 같은 일을 당하는 사람은 결코 흔치 않을 테니까!"

"결코 흔치 않은 일을 겪는 건 좋은 일 아닌가? 내가 볼 때 넌 불행한 사람이 아니라 행복한 사람인 것 같아. 모래 늪에 빠져서 나온다는 건 기적 같은 거야. 그런 경험은 너에게 있어 좋은 징조야. 지금의 불행이 오히려 축복이 되기도 하거든. 넌 입사 시험에 떨어져서 불행하다고 생각한 거야. 하지만 더 좋은 곳에 들어가게 된다면 지난 불행은 축복이야."

지금의 불행이 오히려 축복일 수 있다. 그때 나는 내 감정에 치우쳐 있었으므로 그 말이 무슨 의미인지 몰랐다.

"너는 나와 같은 일을 겪어야 해. 그래야 저런 말이 얼마나 경솔한 말인지 알게 될 테니까."

"그럴까? 천 년 전에 남아메리카에서 밀 씨앗을 거둬 오세아니아로 가기 위해 남극해를 건너고 있을 때 일이었어. 그 씨앗들은 오세아니아에 없어서는 안 될 중요한 씨앗이었지. 그런데 마주 오던 돌풍과 충돌하는 바람에 밀 씨앗을 그만 크레바스에 빠뜨리고 만 거야. 크레바스에 빠지면 100년 후에 발견되지. 그때 일로 오세아니아는 다른 대륙보다 빵을 몇 년 더 늦게 만들어 먹어야 했고 수많은 사람이 기아에 시달려야 했어. 참 불행한 일이었지. 이런 경험을 한 내가 불행을 모를 것 같니?"

"사람이 죽는 것과 기아에 시달리는 것이 같아?"

"너는 한 사람이지만 거기는 수백만 명이나 되는 사람이 죽을 고비를 겪었어."

"나는 지금 만사가 다 지겨운 사람이야. 그리고 지금은 졸려."

“사막의 밤은 추워. 그런 사막에서 잠들면 어찌 되는지 알아?”

“그야 죽기밖에 더하겠니?”

“넌 죽는다는 말을 너무 쉽게 해.”

“네 귀에는 내 말이 쉽게 들리는가 보지? 넌 언제든 자유롭게 다닐 수 있는 능력을 가졌으니까.”

“네가 볼 땐 바람이 그렇게 한가한 존재로 보이니? 우리가 마냥 하릴없이 돌아다니는 것 같지만 제대로 보렴. 우리가 바람을 일으키는 데는 분명한 이유가 있단다. 민들레 홀씨도 우리가 없으면 멀리 날아가지 못해. 먹구름을 우리가 치우지 않으면 너희는 물난리를 겪거나 해가 없는 곳에서 살아야 할 거야. 우리는 맡은 일은 철저하게 한단다. 적어도 너처럼 나약하거나 나태하진 않아!”

“그렇지만 너희는 태풍을 몰고 와 모든 걸 파괴하잖아!”

“너 지금 파괴라고 했니?”

이 말이 자극이 되었는지 모래바람은 몸을 부풀리기 시작했다.

“왜, 왜 이래?”

“너희는 더한 짓도 하고 있잖아? 우리가 너희 집은 파괴해도 너희처럼 산을 무너뜨리진 않아.”

“지, 진정해.”

“너희는 수만 년 동안 우리가 쌓아 만든 산을 순시간에 무너뜨리지. 우리는 너희에게 그러지 말라고 경고하는 거야.”

"미, 미안. 다시는 그런 말 하지 않을게."

"너희가 만물의 주인으로 생각하지만 우주에서 보면 결국 좁쌀만 한 존재야!"

모래바람과 나의 논쟁은 여기서 끝났다. 나는 그때 모래바람에게 겁을 먹고 있었다. 모래바람이 점점 격해져 바람의 세기를 높였기 때문이다. 모래바람을 더 화나게 하면 나까지 날릴 기세였다.

"미안해."

"미안하면 더 이상 우리를 화나게 하지 마."

"그래."

나는 불안했다. 이 위기를 모면하고 싶었다.

"그리고 함부로 죽겠다는 말도 하지 마. 너는 애초에 죽을 마음도 없었잖아? 병실에 누워 죽음을 앞둔 환자들은 너처럼 죽겠다는 말을 남발하지 않아. 그들은 살아 있어 느낄 수 있는 온갖 것들을 그리움으로밖에 만나지 못해. 그들은 창문 틈으로 비집고 들어오는 햇살과 대지의 온갖 향기와 만날 수 있다는 것이 얼마나 감사한 것인지 알거든. 네가 지금 겪고 있는 것은 엄살일 뿐이야."

나는 할 말이 없었다. 내가 비록 죽겠다는 말은 했지만 그건 너무 힘들어서 한 말이지 내심에는 살고자 하는 열망이 더 많았다.

"그렇다면 다시 일어나. 그리고 저 아래를 봐."

나는 한 마리의 순한 양이 되어 있었다. 엉거주춤 일어나서 모래바람이 가리킨 쪽을 보았다. 그곳에 갈증으로 힘겨워하는 나의 육체를 달래줄 파라다이스가 기다리고 있었다. 내가 잠들었다면 못 봤을 곳이었다. 나는 해갈을 시켜줄 목적지 앞에서 주저앉아버렸다. 바로 앞에 있는 파라다이스를 못 본 채……

"어찌 된 일이니?"

나는 기쁨을 감추지 못하고 가브리엘에게 물었다. 그러나 대답한 것은 모래바람이었다.

"어찌 된 일이긴? 보는 대로지. 어머니 배 속에 있다가 세상 밖으로 나오는 아이는 걷기까지 수없이 넘어져야 해. 어머니 역시 극심한 산통 뒤에야 탄생의 기쁨을 얻고. 너도 여기까지 오는 동안 헤아릴 수 없을 만큼 많이 넘어졌잖아? 인생을 살아가는 것은 사막과도 같은 거야. 거기에는 기다림의 과정과 불행이 반드시 들어 있어. 포기하면 낙오자가 되고, 포기하지 않으면 목표를 이루는 거야."

"지금 너무 기뻐!"

"이제 알겠어? 지난 불행이 지금의 축복을 더 값지게 한다는 것을. 이제 이것을 알게 되었으니 불행이 올 때마다 항상 이렇게 외쳐! 지금의 불행이 훗날 나에게 축복이 될 것이라고 말이야."

10

가장 흔한 것이 가장 소중한 것이다

사막을 벗어난 나는 서둘러 마을에 들어섰다. 나에게 지금 절실하게 필요한 것은 무엇보다 물이었다. 그만큼 물은 나에게 절대적인 구세주였다.

마을에 도착한 나는 물부터 찾았다. 갈증이 내 눈과 마음을 지배했기 때문에 마을이 어떻게 생겼는지 자세히 눈여겨볼 여유가 없었다. 다만 멀리서 보던 것에 비해 제법 큰 도시라는 것을 느낄 수 있을 뿐이었다. 마을 초입에 들어서자마자 눈에 보이는 첫 집을 방문했다.

"계세요?"

내 부름에 한 여인이 나왔다.

“누구시죠?”

“네, 저희는 여행 중인 사람인데 죄송하지만 물 좀 얻어 마실 수 있을까요?”

만약 당신에게 여행 중에 있는 사람이 찾아와 물을 얻어 마시고자 한다면 당신은 물을 줄 것인가, 주지 않을 것인가? 아마 대부분의 사람은 대수롭지 않게 줄 것이다. 하지만 그 여인은 나에게 물을 주지 않았다. 오히려 나를 무례한 사람으로 취급하며 문을 닫고 들어가버렸다. 겨우 물 한 잔인데 이렇게 인색하다니……. 아무리 각박한 세상이라지만 세상인심이 이렇게 야박할 수 있는지 은근히 화가 났다. 나는 어쩔 수 없이 돌아서 나왔다.

“이 동네는 인심이 사납구나. 다음 집으로 가보자.”

나는 경솔하게 나무 한 그루를 보고 산 전체를 평가하고 있었다. 이제 겨우 한 집을 들렀을 뿐이다. 내가 처음 들른 집은 내가 운이 없었거나 집주인에게 그럴 만한 사정이 있었을지도 모른다. 나는 그때 목이 너무 말랐고 절실했다. 즉, 나의 사고는 이성을 잃고 물 하나에만 집중되어 있었다. 그러나 다음 집도 마찬가지였다. 그리고 그다음 집도, 그다음 집도 마찬가지였다. 나는 허탈한 마음으로 벽에 몸을 부리고 허물어졌다.

“야박한 사람들 같으니라고.”

나는 혼잣말로 중얼거렸다.

“아저씨는 그들이 야박하다고 생각해?”

“그래.”

“이런 생각은 안 해봤어? 그 사람들 또한 아저씨만큼 무슨 절실한 사정이 있다는 생각.”

“절실한 것이 있다고? 그렇다고 해도 그까짓 물 한 잔 주는 게 뭐가 어렵겠니? 이게 다 야박하기 때문이야.”

“아저씨 말은 너무 거칠어. 부드러운 말은 은은한 향이기도 해.”

“나는 최대한 정중했어. 그런데 그 사람들이 나에게 대하는 것 좀 보라고! 가는 말이 고와야 오는 말이 곱다는 말도 몰라?”

“그래도 여러 집 모두 그런 반응이라면 그럴 만한 다른 이유가 있지 않을까? 아저씨, 저길 봐.”

가브리엘은 내 불편한 마음은 아랑곳하지 않고 화제를 돌렸다. 나는 언짢은 마음으로 가브리엘이 가리킨 쪽을 흘낏 쳐다보았다. 시민으로 보이는 사람이 포승줄에 묶인 채 경찰 손에 끌려가고 있었다. 가브리엘과 여행하는 중에 벌써 두 번째 보는 죄인이었다.

“저 사람이 왜 끌려가는 줄 알아?”

“내가 그걸 꼭 알아야 하니?”

“알아야 해. 그래야 아저씨 마음이 변힐 테니끼.”

“내 마음이 변해야 할 만큼 꼭 알아야 하는 거니? 그렇다면 말해보렴. 왜 끌려가는지. 돌이라도 훔친 거니?”

“물을 훔쳤어.”

“뭐라고? 기껏 물을 훔쳤다고 저렇게 죄인이 되어 끌려가는 거라고?”

“응. 그것도 무거운 죄인으로 끌려가는 거야.”

“무거운 죄인이라면 중죄인을 말하는 거니?”

“저 아저씨 몸에 묶인 포승줄이 빨간색이잖아?”

가브리엘의 말은 일리가 있었다. 살인죄처럼 중한 범죄를 저지른 죄인들에겐 빨간 포승줄로 표시를 했다. 그렇다 해도 물을 훔쳤는데 빨간 포승줄은 너무 과한 것이었다. 이것은 금나라에서 돌을 훔쳐 끌려간 죄인보다 더 중한 죄를 지었다는 것이다.

“가브리엘, 아저씨가 지금은 너와 농담할 여유가 없구나. 솔직히 심기가 좀 불편하단다.”

“아저씨로선 이해하기가 힘들 거야. 그럼 이걸 봐.”

가브리엘이 내민 건 신문이었다.

“신문은 왜? 뭐 특별한 기사라도 실렸니?”

“아주 특별한 기사가 있어. 날짜를 봐.”

나는 날짜를 보고 도저히 믿을 수가 없었다. 신문은 그 당시보다 무려 100년이 지난 신문이었다.

“이 신문, 잘못 인쇄된 거니?”

“아니. 우리는 지금 100년 뒤의 세상에 와 있어. 못 믿겠으면 지나

가는 사람한테 물어봐.”

가브리엘이 거짓말하고 있는 것 같지는 않았다. 그러나 나는 이 믿기지 않는 현실을 재확인해야 했다. 자리에서 벌떡 일어나 지나가는 행인을 붙잡아 세웠다. 행인은 가브리엘과 같은 말을 했다.

“그럼 우리가 100년 이후의 세상에 왔단 말이니?”

“응. 아저씨도 물 사 먹지? 그런데 아저씨가 살던 수십 년 전에도 물을 사 먹게 될지 몰랐을 거야. 마찬가지로 100년 전에 살던 사람은 물이 이렇게 절실하게 될지 몰랐을걸. 왜냐하면 물은 너무 흔한 것으로 생각하니까. 사람들은 세상에 많이 있는 것은 흔하다는 이유로 함부로 대하거나 무심히 대하잖아? 모래바람이 말한 것처럼 자기에게 가장 소중한 것은 흔하면서도 늘 나와 함께 있는 것이라 생각해. 그것은 사람에게 절대로 없어서는 안 될 것이니까. 보석이 아무리 귀하다고 해도 공기 없는 보석이 무슨 소용 있겠어? 하느님이 천지를 창조하면서 가장 많이 만든 것은 생존에 없어서는 안 될 것들이었다는 생각은 안 들어?”

“그럼 이 사람들은 지금 물 없이 산다는 거니?”

“없는 거나 다름없지. 턱없이 부족하니까. 물만 부족하겠어? 물이 없으므로 수많은 생명이 세상에서 사라져가고 있잖아? 이제 남은 거라곤 사람과 겨우 연명할 수 있을 만큼의 양식 작물이 전부라고 해.”

“그래도 물은 비가 오면 수급이 가능할 텐데?”

“지구가 많이 아프잖아? 건조증에 걸렸거든. 그래서 일 년 중에 비가 내리는 날은 많지 않아.”

“그럼 이 사람들은 어디서 물을 구한다는 거니?”

“두 가지 방법이 있는데, 그중 하나는 비 올 때를 기다렸다가 최대로 많이 모아놓는 거지. 그걸로 일 년을 산다고 해. 그러니 절실할 수밖에.”

“그렇구나. 나머지 하나는 뭐니?”

“곧 알게 될 거야.”

“그래. 그건 차차 알기로 하고, 그렇다고 해서 물을 훔쳤다고 감옥에 간다는 건 심해.”

“다른 사람이 아저씨에게 소중한 것을 훔쳐 가면 가만히 있겠어? 그것도 생명과 연결되어 있는데도?”

나는 가브리엘의 말을 곱씹어보았다. 사실대로 말하자면 나는 그때까지 현실감이 없었다. 목이 타는 절실함은 있었지만 나로선 일상생활에서 흔히 있을 수 있는 일이었고 갈증을 해소하고 나면 금세 사라질 감정이었다. 나는 가브리엘의 말을 이해하면서도 공감하지 못했다.

“아저씨 마음도 이해는 해. 아직 아저씨는 절실하지 않으니까.”

“아니란다. 나는 지금 절실해!”

"지금의 절실함은 목마름이 없어지면 사라질 거잖아?"

가브리엘의 말은 맞는 말이었다. 사람은 매일 갈증을 느끼지만 언제나 냉장고에 물이 있기에 목마름 정도는 별로 중요하게 생각하지 않는다. 목이 마르면 사람의 마음은 오직 하나에만 집중한다. 갈증 해소는 가장 기본적인 생존 본능이다. 나 역시 마찬가지였다. 그러나 그때의 상황으로는 나의 생존을 보장해줄 물을 구하기란 쉽지 않을 것 같았다.

"그래, 가브리엘, 인정해. 지금의 절실함은 물을 얻고 나면 사라지겠지만 아저씨는 지금 물을 간절하게 원한단다. 그래서 너의 도움이 필요해. 물을 구할 수 있는 방법 좀 알려주겠니?"

"물론 아저씨에게 알려줄 거야. 우린 이제 그곳으로 갈 거야. 그런데 가기 전에 찾아갈 곳이 있어. 그리고 알아야 할 것도 있어."

"거기가 어딘데?"

"거긴 잠시 후에 가게 될 거야. 알아야 할 것은, 아저씨가 살고 있는 시대에서 사람들이 마실 수 있는 물은 기껏 1퍼센트밖에 없다는 거야. 비록 흔하다고 말들은 하지만 결코 흔하지 않은 것이 물이야. 물이 귀한 곳의 사람들이 기생충이 있는 물을 마시고 있을 때 반대편에 있는 사람들은 흔하다는 이유로 물을 기만하며 살고 있어. 같은 지구 안에 살면서도 어떤 이들은 물에 감사하고 어떤 이들은 업신여기며 살고 있어. 아저씨가 정말 알아둬야 할 일은 1퍼센트밖에 안 되는 혜택이 아저씨에게 주어졌다는 거야. 그래서 아저씨는 더 감사하며 살아야 해. 아저씨가 말했듯 물은 사람이 생명을 보존하는 데 없어서는 안 될 귀중한 것이니까."

가브리엘은 아이답지 않은 어조로 말했다.

천사가 되는 약

잠시 후 우리가 발걸음을 멈춘 곳은 어느 신전 앞에서였다.

"여긴 어디니?"

"신전. 마하비르 신전이라 불러."

주위를 둘러보았다. 가브리엘이 나를 데리고 간 곳은 판테온 신전처럼 생긴 원형 건물이었다. 족히 1천여 명은 수용할 수 있을 만큼 제법 큰 규모의 건물이었다. 이 신전도 판테온 신전처럼 기둥이 없었고 원형으로 된 지붕에는 커다란 채광창이 설치되어 있었다. 모든 신전이 그러하듯 이곳 또한 엄숙했다. 좌우로 도열해 있는 사람은 남녀노소 할 것 없이 머리에 미사포를 쓰고 있었다.

신전 정면에는 5미터 높이의 제단이 있었다. 그 제단은 비록 아치

형태로 꾸며져 있었지만 신전의 웅장함과는 격에 맞지 않은 목조로 만들어져 있었다. 계단 또한 나무로 되어 있었다. 그곳에는 좀 전에 본 죄수가 포승줄에 묶여 있었다.

"저 사람은 아까 포승줄에 묶여 가던 사람이잖아?"

신께 제물을 바치기 위해 마련된 신성한 단에 올려진 것은 제물이 아니라 마녀처럼 오들오들 떨고 서 있는 죄인이었다. 이 또한 내게는 낯선 광경이었다. 제단 앞에 서 있는 그의 심정은 신성시되는 신전 안에서 발가벗고 서 있는 것과 마찬가지 기분일 것이다.

"맞아. 여긴 신전이기도 하지만 죄인을 재판하는 법정이기도 해. 저 제단은 신을 모실 때는 제단으로 쓰이지만 오늘과 같이 재판이 열리는 날은 교수대로 쓰여."

"신전에서의 재판은 좀 가혹하다고 생각해. 수치심을 더 주려는 의도겠지."

잠시 후 교도관의 목소리가 들렸다.

"마하비르 재판관 님이 입장하십니다!"

교수대 앞에 좌정해 있던 교도관이 절제된 자세로 일어나며 사람들을 향해 목청을 높였다. 그 소리에 신전에 도열해 있던 사람들은 일사불란하게 좌우로 물러나며 길을 열었다. 그 광경은 모세가 바닷물을 여는 것과 같았다. 그 길을 은빛 수염을 흩날리며 근엄하게 생긴 노인이 걸어오고 있었다. 그는 하얀색 인도 전통 복장과 터번을 두르고 있었으며 발걸음은 빠르지도 느리지도 않았다. 서두름이 없는 절제된 모습에서 경건함까지 엿볼 수 있었다.

나에게는 이 모습 또한 생경하게 다가왔다. 내가 아는 재판 현장은 스무 평 남짓한 공간에서 검사와 변호사가 설전을 치르는 모습뿐이다. 그러나 이곳은 사뭇 달랐다. 마치 종교 의식을 연상하게 했다.

잠시 후 마하비르는 제단에 올라 신을 향해 합장하며 경배를 두 번 올린 후 터번을 벗고 치자색 키파를 쓰고 있었다. 그들이 믿는 신이 무언지 명확하게 말할 수는 없지만 신전 안 벽면에 새겨진 문양들은 온통 물의 결정체였다. 마하비르가 경배를 올린 제단의 정면 벽에도 무지개 색채로 합쳐진 물의 결정체 문양이 살아 있는 듯 일렁거리며 벽면을 수놓고 있었다. 이 문양은 다른 문양과는 달리 사람의 손에 의해 만들어진 것이 아니라 채광창에서 빛이 굴절되어 자연스럽게 만들어진 것이었다.

의식을 행한 마하비르는 죄인을 정면에서 볼 수 있는 곳에 좌정했다. 키파를 쓴 그의 모습은 경건하게 보였다. 그의 키파는 교황이 쓰는 것과 비슷한 것이었다. 키파를 머리에 얹는 이유는 자기보다 높은 사람이 있다는 것을 항상 상기하라는 의미다. 즉, 겸허함을 잊지 말라는 것이다. 마하비르가 자리에 앉자 사람들도 자세를 바로잡았다. 실내는 정숙했다. 곧 재판이 시작되었다.

"이 자는 사라카엘입니다. 며칠 전 밤에 스텔라 집사의 집에 몰래 숨어들어 10리터의 물이 들어 있는 수통 열 개를 훔쳤습니다.”

죄인을 인솔했던 경찰관의 말이었다.

“사라카엘, 너는 왜 도둑질을 했느냐? 물을 훔치는 것은 살인이나 다를 바 없는 행위이며 열 명 중 아홉 명은 죽음으로 죗값을 치러야 하는 걸 모르지는 않을 텐데…….”

그의 목소리는 지극히 근엄했다. 몸이 포승줄로 묶인 채 제단 위에서 떨고 있는 사라카엘은 겁에 질려 말을 제대로 못하고 있었다.

“사, 살려주세요.”

나는 그 소리를 듣고 속으로 어이없는 실소를 터뜨렸다. 물을 훔치면 죽음으로 갚아야 한다는 것이 내겐 연극처럼 보였다.

“마지막으로 할 말이 있으면 해보아라.”

“어머니께서 돌아가셨습니다. 어머니 평생소원이 목욕 한 번 실컷 해보는 것이었습니다.”

“애석한 일이구나. 너는 참으로 효심이 지극한 사람이다. 그러나 너 때문에 스텔라 집사는 전 재산을 잃었다. 또한 그의 식구들은 생명의 위협을 느끼고 있다. 물은 생명이고 희망이다. 그들은 지금 절망으로 시들어가고 있다. 너는 지금 그들을 소생시킬 그 무엇도 가지고 있지 않다. 그렇기 때문에 나는 이 나라 최고형인 사형을 내려야 한다. 그러나 스텔라 집사는 너를 처형시키지 말아달라고 내게 탄원을 냈다. 그런 그의 마음을 받아들여 너에게 30년 동안 스텔라 집사에게 봉사할 수 있는 기회를 주려 한다. 이제 선택은 너에게 달렸다.”

나는 이 재판을 더는 볼 수가 없었다. 이건 재롱 잔치 수준에도 미치지 못했다. 나는 도저히 웃음을 참지 못하고 박장대소했다. 더욱 날 웃기게 만든 건 교수대에 있는 죄인의 진지한 태도였다. 그는 고작 생수 열 통을 훔쳤을 뿐이다. 그 때문에 받는 형은 사형이거나 무기징역과도 같은 노예살이였다. 그런데 나는 금나라 패스트푸드점에서 생긴 일과 마찬가지로 그곳에서도 정신병자가 되었다. 나의 박장대소에 마하비르를 비롯한 신전에 있던 수백 명이나 되는 사람들의 시선이 일제히 나에게로 쏠렸다. 그리고 교도관으로 보이는 사내들 두 명이 내게로 황급히 다가왔다.

“나가시오!”

내가 분위기 파악 못하고 웃은 건 미안한 일이지만 그건 어디까지나 내 감정의 자유였을 뿐 추방될 일은 아니었다.

“나가라니요? 내가 웃은 건 미안한 일이지만 그건 그냥 본능이었다고요. 그리고 나는 엄연히 외국인이에요. 이 나라에는 외국인 특별 보호법이 없습니까?”

그러나 그들은 나의 정당함을 묵살하고 막무가내로 나를 포박했다.

“당신을 신성모독죄로 구금합니다.”

나는 어처구니가 없었다. 엄밀히 말하면 이곳이 신전이니 신성모독이라고 할 수도 있겠지만 너무 과한 처사라고 생각했다.

"내 권리를 주장하는 것이 신성모독이라고?"

나의 항의가 거칠어지자 그들은 완력을 써 나를 밖으로 끌어내려고 했다. 나는 그들에 의해 강제로 끌려 나가면서도 저항했다. 그 순간, 마하비르의 목소리가 들려왔다.

"외국인이 이곳의 법을 잘 모르는 것이니 풀어주어라. 모르는 것은 죄가 아니다."

마하비르의 말에 교도관들은 나를 풀어주었다. 나는 슬그머니 화가 치밀어올랐다. 억울하다는 생각이 들었다.

"웃는 게 죄야!"

내 목소리는 신전 안에 쩌렁쩌렁 울려 퍼졌다. 그러자 가브리엘이 내 소매를 잡았다.

"아저씨, 이곳은 웃음이 죄인 나라야."

"뭐라고?"

나는 내 귀를 의심하며 가브리엘을 보았다. 기억을 더듬어보니 여기에 머무는 동안 사람들이 웃는 것을 보지 못했다. 백작의 나라에서도 이런 기운을 느꼈다. 그때 내 악다구니를 들은 교도관이 진압봉을 꺼내 내 다리를 가격하고 무릎을 꿇렸다. 그리고 곧바로 내 두 팔을 뒤로 꺾어 결박했고 나는 목덜미를 잡혀 교수대까지 질질 끌려 나갔다. 순식간에 벌어진 일이었다. 이런 일이 벌어지는 동안 그 누구도 말리지 않았다. 오히려 당연하다는 듯 동조하고 있었다.

나는 교수대에 세워졌다. 그 죄인과 나란히 서게 되었다. 지금 이 순간 내 편이 되어줄 사람은 가브리엘뿐이었다. 나는 가브리엘을 다급히 찾았다. 그러나 가브리엘은 군중 틈에 파묻혀 보이질 않았다. 대신 수많은 군중이 술렁거리며 나를 노려보고 있었다.

"모두들 정숙하세요! 공교롭게도 오늘 재판의 죄인은 두 명이니 예정 시간보다 조금 길어지겠습니다. 죄인들은 재판 내용이 사실과 다르거나 부당하다 여겨질 때는 이의 제기를 통해 변론할 수 있습니다. 재판을 속개하겠습니다."

교도관의 말이 끝나자 술렁이던 신전 안은 다시 정숙해졌고 재판은 계속 진행되었다. 마하비르는 평정심을 얻으려는 듯 헛기침을 두 번 한 후 사라카엘에게 물었다.

"사라카엘, 이제 너의 선택만이 남았다. 너에게 제시한 선택 조항은 이미 만들어진 것이기에 강제적이라는 것을 인정한다. 어떤 것을 선택하느냐는 전적으로 네 자유의지이므로 존중해주겠다. 사형을 원하느냐, 아니면 봉사를 원하느냐?"

사라카엘의 입은 쉽게 떨어지지 않았다. 눈을 감고 생각에 잠겨 있었다. 잠시 후 입을 열었다.

"어머니를 따라가렵니다. 저는 스텔라 집사에게 씻을 수 없는 죄를 지었습니다. 그건 오래도록 저를 괴롭히는 주홍 글자로 남을 것입니다. 사형을 당하는 것보다 그 시간을 살아가는 것이 더 괴로울 것 같습니다."

사라카엘은 이전과 달리 사형을 택했다. 살고 싶은 욕망이 불과 몇 분 사이에 바뀐 것이다. 잠시 동안 침묵이 흘렀다. 침묵을 조용히 밀어낸 것은 마하비르였다.

"우리는 너의 선택을 존중하지만 너의 선택을 받아들일 수 없게 되었다. 너의 어머니는 그 물을 쓰지 않고 임종에 들기 하루 전에 나에게 보냈다. 그리고 나는 그 물을 원래 주인에게로 돌려보냈다. 너의 어머니의 선행은 높이 평가할 만하다. 나는 너의 어머니가 존경스럽지만 너의 죄를 모두 용서해줄 수는 없다. 있는 것을 없는 것으로 할 수는 없기 때문이다. 또 한 가지, 이 세상 모든 사람은 가슴에 주홍 글자 하나쯤은 담고 산다. 그렇지만 너처럼 자괴감에 죽음을 택하지는 않는다. 그 글자가 있기에 참되게 살아가는 것이 값진 일임을 아는 것이다. 이 시간 이후부터 너에게 주어졌던 이 나라의 국민권을 박탈하겠다. 이 집행이 끝나면 너는 곧바로 이 나라를 벗어나야 할 것이다. 그렇지 않고 여기에 머문다면 너에겐 더 큰 고통이 생길 것이다. 이 나라 국민은 이 시간 이후부터 너를 같은 국민으로 받아들이지 않게 될 것이고, 너는 그들의 냉혹함을 견디지 못하고 끝내 말라죽게 될 것이다. 알아들었느냐?"

“네.”

“그럼 가거라.”

마하비르의 판결이 끝나자 교도관들은 사라카엘을 풀어주었다. 제단을 내려온 사라카엘은 마하비르에게 허리를 숙여 배례를 하고 신전을 나가기 위해 군중 사이로 들어갔다. 군중 사이로 지나가는 사라카엘을 보는 그들은 시선은 뭇매가 되어 쏟아지고 있었다. 나는 이 잔인한 분위기에 계속 짓눌려 있었다. 정확하게 이 제단에 올라오기 전부터 어둠의 겁박에 짓눌려 있었던 것이다.

사라카엘이 나가자 잠깐이나마 술렁이던 장내가 조용해졌다. 그리고 사라카엘에게 쏟아졌던 사람들의 시선이 내게 쏠렸다. 나는 그 시선들을 맞받아칠 엄두를 내지 못했다. 올라오기 전에 펄펄 뛰던 당찬 기백이 납덩이가 되어 가슴 밑바닥으로 가라앉아버린 것이다. 나는 안절부절못하며 시선 둘 곳을 찾고 있었다. 그때 마하비르의 말이 들려왔다.

“여행자여, 자네가 왜 여기에 올라오게 되었는지 아는가?”

“모릅니다.”

나 또한 조금 전의 그 절도범처럼 목소리가 나오지 않았다. 그리고 원인 모를 공포감이 머리를 조여오고 있었다.

“당신은 하면 안 될 짓을 했다. 그게 무엇인지 아는가?”

“모릅니다.”

"이 나라는 웃으면 안 된다는 불문율을 가지고 있는 나라다. 그런 나라에서 당신은 웃었다. 또한 신성한 이곳에서 신성을 모독하는 경망스러운 짓을 했다. 인정하는가?"

"이해가 안 됩니다."

"무엇이 이해가 안 된단 말인가?"

"제가 신성한 곳에서 경망스러운 행동을 한 것은 인정합니다. 그렇지만 이 나라에서는 왜 웃으면 안 되는지를 모르겠습니다."

"웃으면 안 된다기보다는 웃을 수가 없는 나라라는 표현이 더 적절할 것이다. 당신이 만약 어머니를 병들게 했다면 웃고 살 수 있겠는가?"

"네?"

"당신은 보고 있는데도 느끼지 못하고 있을 뿐이다."

마하비르의 말은 선문답이었다.

"내가 지금 알려준다고 해도 당신은 알 수가 없다. 차차 느끼면서 알게 될 것이다. 그건 거역할 수 없는 불문율이다!"

마하비르의 말은 너무 강경했다. 잠시 동안 신전에 정적이 흘렀다. 다시 마하비르가 입을 연 것은 물 한 모금을 마실 시간이 흘러서였다.

"이 나라엔 왜 왔는가?"

"물을 찾아서 왔습니다."

"여기에 당신의 소유로 된 물이 있는가?"

"네?"

"이름이 뭔가?"

"호루스입니다."

"이집트 신화에 등장하는 태양의 신과 이름이 같구나. 여기엔 당신의 물이 없다."

"물에 이름표가 있습니까?"

"있다."

마하비르는 단호했다. 그의 말에 나는 잠시 생각에 잠겼다. 생각해보니 마하비르의 말이 결코 틀린 말은 아니었다. 왜냐하면 우린 물을 사용하면서 세금이라는 사용료를 내고 있기 때문이다.

"수도 요금에 찍힌 이름을 말씀하시는 겁니까?"

"당신의 나라엔 아직까지 그런 게 있나 보구나. 이 나라에는 오래전에 무용지물이 된 세법이다."

"그렇다면 이 나라엔 상수도 사용료를 안 낸다는 말씀입니까?"

"상수도라는 게 없다. 있을 필요가 없다."

"있을 필요가 없다니요?"

"그걸 알고 싶은가? 여행자가 궁금해하는 모든 궁금증은 곧 풀릴 것이다. 그러므로 지금 그것을 말할 필요는 없다. 내가 필요성을 느끼는 건 여행자에 대한 판결뿐이다."

마하비르의 말에 나는 순간 멈칫거렸다. 마하비르는 잠시 잊고 있었던 내 처지를 상기시켰다. 나는 죄인으로 여기에 나와 있다. 내 처지를 잊었던 건 순전히 생소한 말들 때문이었다. 상수도가 없고 세금을 안 낸다니 나로선 도저히 이해할 수 없는 일이었다. 나의 의문은 더 이상 풀 수가 없었다. 마하비르가 다시 내 처지를 상기시켰기 때문이었다.

"원래 이 나라 법으로 하면 웃음죄는 추징금 50리터다. 또한 신성 모독죄는 추징금 100리터다. 그러나 당신의 신분이 외국인이라는 점과 모르고 저지른 일이라는 것을 감안해 용서해주겠다. 또한 가브리엘과 같이 여행을 하고 있으니 그만한 대우를 해주는 것이다."

마하비르의 판결을 감사해야 하는 건지 아닌지 순간 혼란스러웠다. 나에겐 전부 낯선 용어들이었고 어이없는 판결이었다. 추징금이라는 말은 너무도 익숙했지만 물로 벌금을 부과하겠다는 말은 분명 웃을 일이다. 그런데 나는 웃을 수가 없었다. 웃음이 사라진 나라에 이미 물들었고 추징이란 말이 좋게 들리지 않았기 때문이다. 그보다 더욱 놀라운 것은 내가 하느님의 계시를 담당하는 천사 가브리엘과 같이 여행하고 있다는 말이었다. 내가 가브리엘을 찾기 위해 다시 한 번 두리번거리고 있을 때 군중 틈에서 환한 빛이 움직이고 있었다. 가브리엘이 군중 틈을 지나 앞으로 나오고 있었다. 가브리엘이 나오자 아까 마하비르가 등장할 때처럼 군중은 예를 갖춰 길을 터줬고 장내에는 경건한 기운이 감돌고 있었다.

가브리엘이 제단에 올라왔다. 가브리엘도 마하비르처럼 같은 키파를 쓰고 있었다. 가브리엘이 마하비르에게 깍듯이 인사를 하자 마하비르는 눈인사로 답례했다. 둘은 서로 아는 사이 같았다. 가브리엘은 나에게 시선을 옮겼다.

"가브리엘, 네가 천사 가브리엘이니?"

"그게 궁금해?"

"궁금해."

"내가 진짜 가브리엘이건 아니건 아저씨에게 달라지는 게 있어? 그게 그렇게 중요해?"

"당연하지! 내가 지금까지 하느님의 계시를 받는 천사 가브리엘과 다녔다면 그건 나에게 놀랄 일이야. 또 영광스러운 일이기도 하지."

"그래? 그럼 내가 아주 중요한 이야길 해줄게."

나는 귀를 세웠다. 가브리엘은 내게 비밀스러운 이야기를 하려는 듯 바짝 다가섰다. 그리고 포승줄을 풀어주며 낮지만 강하게 속삭였다.

"아저씨, 이 세상 모든 어린이들은 천사야."

기대를 한 만큼 실망도 크다더니 그 말이 맞았다.

"왜, 실망이야? 그래도 사실이야. 어린이들은 어른들과 전쟁하지 않잖아? 전쟁을 하는 건 어른들과 어른들이지. 어른들이 전쟁의 화신들이라면 어린이들은 평화의 사도들이야. 그런데 아저씨, 천사가 아닌 것에 너무 낙심하지 마. 사실 모든 사람이 천사가 될 수 있는 약을 가지고 있는데 자라면서 그 약을 복용하는 걸 망각했어. 몸에 전혀 해가 되지 않는 약인데도 말이야. 이제 그 약만 찾으면 아저씨도 천사가 될 수 있어.”

"천사가 되는 약?”

"웃음! 그게 천사를 만들어주는 약이야.”

12

물 한 잔과 토마토 두 개

신전을 나와 가브리엘의 안내로 찾아온 곳은 토마토 농장이었다.

"지금 나에게 여기서 일을 하라는 거니?"

"일을 하고 안 하고는 아저씨 마음이야. 나는 물을 구할 수 있는 나머지 방법을 알려준 것뿐이야."

"일하지 않는 자 먹지도 말라, 이거구나."

"아니, 사람은 먹어야 사는데 먹지 말라는 건 너무 가혹하잖아? 좀 전에도 말했듯이 일을 하고 안 하고는 아저씨 마음이라니까."

"굶어 죽지 않으려면 당연히 일은 해야겠지. 안 그러면 죽게 되니까. 물 한 잔 얻어 마시기 위해 일을 하라는 건 먹지 말라는 말보다 더 가혹해."

"그깟 물 한 잔. 아저씨가 말하는 물 한 잔이 여기선 종일 일해야 얻을 수 있는 양이야. 어떤 사람은 일주일 식수로 사용하고 또 어떤 사람은 미래를 위한 마중물로 사용하기도 해."

"뭐?"

이 말을 들었을 때 나는 농담인 줄 알았다. 그러나 그 말은 사실이었다. 토마토 농장에서 일을 마치고 돌아가는 사람은 관리자에게 물을 받아 가고 있었다. 특이한 것은 그들이 물을 받는 수통에는 눈금이 그어져 있었으며 각자의 이름이 수통에 새겨져 있었다. 그 눈금들의 표시는 용량 표식이었다.

"여기선 물이 돈이야. 그리고 토마토가 주식이고."

가브리엘의 말처럼 이 모든 상황은 현실이었다. 그제야 물을 훔친 대가를 왜 죽음으로 치러야 하며 이 나라에 상수도가 왜 필요 없는지 조금은 이해가 갔다. 그건 물이 부족하기 때문이었다.

여기서 살아남기 위해서는 어쩔 수 없이 일을 해야 했다. 나는 일을 하기 전에 목마름을 달래기 위해 농장 지배인에게 500밀리미터의 물을 가불했다. 500밀리미터의 물을 노동량으로 환산하면 하루 품삯이었다. 그 물이 하루 품삯이라고 생각하니 내가 원하는 만큼 마음껏 들이켤 수 없었다. 목마름의 해소보다는 겨우 갈증을 달래는 정도였다. 나 또한 내 이름으로 된 수통을 가지게 되었다. 그러나 전혀 기쁘지가 않았다. 자신의 의지 없이 떠밀려 살아야 하는 것이 너무 허무했다. 나는 이때 아주 중요한 사실 한 가지를 망각하고 있었다. 그게 무엇인지는 토마토 농장에서 일하면서 어렴풋이 알게 되었다.

내가 그곳에서 했던 일은 토마토를 수확하는 일과 크기별로 선별하는 일이었다. 섬세함을 요하는 수정 작업은 여자들이 하고 있었다. 그녀들은 붓을 들고 다니면서 꽃에 꽃가루를 입히고 있었다. 토마토 농장은 끝을 가늠할 수 없을 정도로 넓었다. 이 나라는 여름만 있는 나라였다. 그런 곳에서 사람들은 일일이 수작업으로 토마토를 가꾸고 있었다. 그때는 지구 온난화로 인해 지구 자체가 온실이 되어 비닐하우스에서 재배하지 않고 일반 평야에서 재배했다. 벌과 나비는 물론 바람도 없는 곳이었다. 나는 불과 얼마 되지 않은 시간에 바람이 있는 곳(과거)에서 바람이 사라진 곳(미래)으로 이동했다. 그래서 자연의 힘을 빌려도 될 수정 작업을 사람이 할 수밖에 없는 기막힌 곳에 있었다.

토마토는 땅에 뿌리를 박고 있는 것이 아니었다. 기차 레일처럼 생긴 선반에 세 가닥으로 묶여져 있는 줄에 의지해 매달려 있었으며 잎이 없는 채로 자라고 있었다. 첫 열매에 영양을 공급하는 제일 아래에 있는 이파리만 두고 나머지는 모두 제거해서 가지에 열매만 달려 있었다. 열매의 모양은 일반 토마토와 별반 다를 바 없었다.

토마토의 영양분이 잎으로 분산되는 걸 막기 위해 잎을 인위적으로 적엽한 것이다. 토마토는 뿌리가 땅에 박혀 있는 대신 비닐봉지로 감싸여 있었고, 봉지 안에는 적엽한 토마토 잎이 거름이 되어 수분과 영양을 공급하고 있었다. 식물에게 공급되는 영양 공급원이 바로 토마토의 잎이었다. 농장에서 일하는 사람이 토마토 잎을 따서 한국의 맷돌처럼 생긴 수동 믹서로 짓이긴 다음, 일정 기간 동안 숙성을 시켜 부엽토를 만든다. 그런 후 숙성된 부엽토를 비닐봉지에 담아 토마토 뿌리를 감싸 밀봉한다. 토마토는 잎에서 나온 즙으로 수분을 공급받고 필요한 영양을 공급받으며 자라고 있었다. 이렇게 만들어진 토마토가 이 사람들의 주식인 것이다.

토마토는 많은 영양분을 가지고 있는 작물이며 그리 예민한 작물이 아니기 때문에 다른 작물에 비해 비교적 쉽게 재배를 하고 수확할 수 있는 이점이 있다. 그렇기에 100년 후 사람들의 주식이 토마토가 된 것이다. 그들은 옥수수도 재배하고 있었다. 옥수수는 척박한 토양에서도 잘 자라는 작물이니 쉽게 재배할 수 있는 농작물이지만 이곳에 있는 옥수수의 수확량은 재배량에 비해 형편없이 저조했다. 옥수수는 열리지만 알갱이 없는 쭉정이가 태반이었다. 알갱이가 영글지 않으니 주식용으로 쓰기엔 턱없이 부족하고 그나마 영글었다 해도 수확량이 얼마 되지 않아 고가로 판매되고 있었다. 일반인들에겐 그림의 떡이었다. 이런 이유 때문에 옥수수보다는 토마토가 이곳 사람에겐 주요 먹을거리가 된 것이다. 토마토는 잼과 통조림, 빈긴조 도마토 등 다양한 가공식품으로 만들어지고 있었다.

이 나라에서는 수확한 토마토의 일정량을 내수로 유통시키고 일정량은 세계 각 국가로 수출하고 있었다. 그 대가로 물을 받아 이곳에서 일하는 근로자들에게 품삯으로 나눠주고 있었다. 냉정하게 이 상황을 놓고 보면 정말 죽지 못해 일을 하고 죽지 못해 살고 있는 상황이었다.

가브리엘도 나를 도와 토마토를 크기별로 선별해 박스에 담는 일을 했다. 가브리엘은 무엇이 그리 좋은지 연신 웃음꽃을 피우며 일을 했다. 반면 나는 짜증났다. 겨우 물 한 잔에 종일 나의 노동을 팔고 있으니 억울하다는 생각이 들었다. 그러나 이곳에서 일을 하는 사람들은 그저 묵묵히 일만 했다. 그들에게서 비록 웃음기는 보이지 않았지만 그렇다고 불만이 있는 것 같지도 않았다.

"가브리엘, 너는 일이 즐겁니?"

"응. 아저씨는 안 즐거워?"

"전혀 즐겁지 않아. 이건 노동력 착취야. 종일 일을 하는데 품삯이 겨우 물 한 잔이라니 말이 돼?"

"말이 안 된다고 해도 달라지는 건 없어. 달라지는 게 없다면 차라리 웃으면서 일히는 게 낫지. 아무리 웃음이 안 나오더라도 웃는 얼굴을 하면 우리 뇌는 웃는 걸로 인식한대. 그래서 긍정의 힘을 쌓게 하고 사람을 행복하게 해준대. 천사들의 임무가 바로 행복하게 만들어주는 거잖아?"

"너도 이상하고 여기 사람들 모두 이상해."

"아저씨가 이상하다는 생각은 안 들어?"

"뭐?"

"아마도 이곳 사람들은 아저씨가 이상하다고 느낄 거야. 모두 다 당연하다고 느끼는 걸 아저씨 혼자만 이상하게 생각하잖아?"

"열 명이 한 명을 바보 만드는 격이로구나."

"그것과는 달라. 아저씨가 사는 세상에서는 오히려 그 당연한 것을 무시하며 살고 있으니까. 그 때문에 100년이 지난 지금 여기 있는 사람들은 안 해도 될 고생을 하는 거야. 바로 자연을 함부로 대한 죄 때문이야. 사람들이 불평불만 없이 일하는 이유는 인간이 지은 죄에 대한 죗값을 치른다고 생각하고 있기 때문이야. 그래서 웃을 수 없어. 자연스럽게 웃음을 잃어버리게 된 거야. 그건 사람끼리의 약속과도 같은 거야. '자연을 병들게 한 인간들은 죄인이다' 하는 마음 때문에 웃음을 불순한 것으로 인식하게 된 거란 말이야. 웃음이 천사의 약인데 여기선 그조차도 허락하지 않았어. 참 가여운 나라지."

가브리엘의 말을 듣고 신전에서 마하비르가 했던 선문답에 대한 답도 찾을 수 있었다. 그렇지만 선뜻 동의하기에는 왠지 불편한 마음이 들었다. 웃는 것이 죄인 이유가 자연을 훼손시켰다는 죄책감 때문이라는 의미는 이해하겠지만 가슴에 와 닿지 않았다. 그러나 좀 더 생각해보니 내가 부정하는 건 구차스러운 변명일 뿐이었다. 이곳에서 이렇게 살 수밖에 없는 이유는 사람들이 환경을 파괴시켰기 때문이다.

"자기만 아는 마음이 이렇게 만든 거야."

"네 말이 맞아. 이기심 때문이야."

마하비르가 다시 나타난 것은 그때였다. 그는 더 이상 재판관의 모습이 아니었다. 키파 대신에 터번을 두르고 있었다. 그는 농장 총관리자의 신분으로 나타났다. 나중에 안 사실이지만 마하비르는 이 나라를 다스리는 집정관이자 깨달음을 갖게 해주는 선지자였다. 그의 역할은 장소에 따라 달라졌다. 재판을 할 때는 재판관으로, 농장을 둘러볼 때는 농장 관리자로 바뀌었다. 그는 언제부터 우리의 이야기를 듣고 있었는지 자연스럽게 나타나 우리 대화에 합류했다. 말투 또한 아까 신전과는 사뭇 달라져 있었다.

그는 토마토 하나를 반으로 나누더니 우리에게 먹어보라며 주었다. 토마토의 맛은 지금 토마토보다 약간 쓴맛이 났고 당도가 떨어져 맹맹했다.

"이기심은 누구에게나 있지. 이기심의 근원은 선과 악으로 이루어져 있고 그렇기에 선과 악은 서로 공존해 있지. 도그마에 갇힌 사람처럼 무엇이 먼저이고 무엇이 뒤인지 따질 필요는 애초에 없는 것이네. 우리는 그저 이기적인 욕망으로부터 절제할 수 있는 능력만 키우면 되는 거야. 절제는 곧 성숙이니까.”

마하비르의 말을 듣던 가브리엘이 침울해하며 입을 열었다.

“서로가 참지 못해서 생겨나는 상처들이 많아. 전쟁 같은 다툼이
나 범죄 같은 일들.”

가브리엘의 말은 평화 수호자나 애국자들 입에서나 나올 법한 소
리였다. 비단 선과 악에 대해 역설한 사람이 마하비르뿐이겠는가. 공
자, 순자, 루소, 홉스 등 많은 철학자가 선과 악을 논했었다. 그러나
양심과 철학이 점점 상실되어가고 있는 현대에서 철학자나 선지자들
의 말은 그저 잔소리일 뿐이다. 아침 등교에 바쁜 학생에게 밥 먹고
학교 가라는 어머니의 말과 같다. 나는 가브리엘에게 빠르게 격변하
는 사회의 소용돌이 속에서 살아남을 수 있는 법을 알려주고 싶었다.
그러나 나는 아무 말도 할 수가 없었다. 말을 하려고 일손을 멈추고
가브리엘의 얼굴을 바라보았을 때, 이미 가브리엘의 얼굴엔 슬픈 빛
이 짙게 물들어 있었기 때문이었다. 나는 그때 가브리엘의 얼굴에서
세상의 시름을 보았다.

해거름이 되어서야 일이 끝났다. 내가 일을 마쳤을 때는 이미 1리
터짜리 수통에 있는 물은 3할 정도밖에 남아 있지 않았다. 그것이 오
늘 내가 일하고 품삯으로 받은 전부였다. 그러나 마하비르는 가브리
엘의 몫으로 한 컵 정도의 물과 토마토 두 개를 더 주었다. 이 나라의
기준으로 본다면 파격적인 임금이었고 후한 선심이었다.

일을 마치고 농장을 나왔을 때 가시지 않는 억울함과 피곤함에 짓눌려 있는 상태였다. 억울함이란 물 한 잔을 얻기 위해 하루를 허비한 것 때문이며, 피곤함은 노동을 한 후 찾아온 고달픈 육체 때문이었다. 가브리엘은 나와 달리 기분이 좋아 보였다.

"아저씨, 나는 아주 행복해."

가브리엘이 농장에서 일을 마치고 나오면서 아까와는 사뭇 다른 기분으로 말을 하였다. 어둠으로 그늘진 얼굴이 지금은 아침 햇살처럼 해사한 얼굴이 되어 있었다.

"왜 행복한데?"

"토마토 두 개와 물이 있어서."

"넌 참 욕심이 없는 아이로구나."

"감사하면 욕심이 생기질 않아."

"네 마음은 알겠는데 사람이 오늘을 사는 건 내일을 위해서야. 내일은 곧 나에게 희망이니까. 그런데 그 희망을 갖기에는 오늘 가지고 있는 것이 너무도 부족하단다."

"내일이 곧 희망이라는 아저씨의 말처럼 있는 것만으로도 하루하루를 감사하게 생각하면 더 멋진 하루가 되지 않을까? 어차피 걱정한다고 없는 것이 생겨나진 않잖아? 아저씨, 아저씨에게 주어진 오늘은 어제의 내일이었어. 하루하루를 감사한 마음으로 살면 보다 나은 내일이 될 것 같지 않아?"

나는 할 말이 없었다. 나는 내일을 걱정하는 오늘을 살았지, 오늘을 위해 하루하루를 감사하며 살지 않았으니까. 그래서 나에겐 감사한 날이 단 하루도 없었다. 항상 조급증에 쫓기듯 살았고 넉넉하지 못한 내 처지를 한탄하며 살았다. 그때도 나는 토마토 두 개와 약간의 물보다 내일을 견디는 문제에 집착했다.

"아저씨의 말을 살짝만 바꾸면 오늘을 감사하게 생각할 수 있을 것 같은데."

"어떻게?"

"'사람이 오늘을 사는 건 내일을 위해서다'가 아니라 '사람은 내일을 위해 오늘을 감사히 살아야 한다'는 말로 바꾸면 되거든."

가브리엘의 말을 들었을 때 나는 '그 말이 그 말 아니야?' 하며 고개를 갸우뚱거렸다. 그러나 말 속에는 정서에서 오는 분명한 차이가 숨어 있었다. 전자에는 도전적 푸념과 확고한 결의가 담겨 있다. 그러나 후자에는 결의만 있을 뿐 푸념이 없다. 전자에는 여백과 여유가 없으나 후자에는 여백과 여유가 있다. 전자는 다소 각박한 각오가 담겨 있으나 후자에는 아름다움이 담겨 있다. 언어를 살짝만 바꾸어도 사고가 달라진다는 것을 알게 되었다. 나는 이렇게 간단한 사실에 감탄하고 있었다. 그 감탄이 주는 여운은 쉽게 가시지 않고 내 속에서 다시금 음미하게 만들었다. 그때 마하비르의 말이 들려왔다.

"자네는 그동안 희망이란 언어를 욕심으로 쓰며 살았다고 생각하지 않는가?"

마하비르는 여행 중인 우리를 배웅하기 위해 오던 참이었다.

"사실 토마토 두 개와 물만이 아니라 인간이 누리고 있는 모든 것이 고마운 것들이네. 인간을 위해 있는 것들이 얼마나 많은가? 그러니 감사하는 마음을 갖는 건 인간의 의무이자 권리네. 감사하는 마음을 지니면 편안해지고 가장 이상적인 상태가 되지 않던가? 자네가 가지고 있는 이 물과 토마토는 오직 자네만을 위해 존재하는 걸세. 그렇다면 자네는 누굴 위해 존재하는가?"

마하비르의 물음에 뒤통수를 한 대 얻어맞은 기분이 들었다. 단 한 번도 생각해본 적이 없었다. 세상에 태어나는 것은 분명 할 일이 있어서다. 그렇다면 내가 할 일은 무엇일까? 나는 잠시 동안 생각에 잠겼다. 가브리엘의 말이 내 머릿속을 떠나지 않고 맴맴 돌고 있었다.

'오늘을 감사할 줄 알면 내일도 감사할 수 있다.'

이 말을 떠올리자 머릿속에 잠겨 있던 안개가 서서히 걷히고 있었다. 오늘을 감사하지 못하면 내일의 희망은 점점 멀어져 가며, 그 간극을 좁히려면 내가 지금 가지고 있는 모든 것에 감사할 줄 알아야 한다. 감사할 수 있는 마음이 소중함을 일깨운다. 소중함은 욕심이 아니고 사랑이다. 어쩌면 서로에게 감사함을 알려주는 것이 인간이 인간을 위해 존재하는 이유일지도 모른다. 내가 잠시 생각을 정리하고 있을 때 가브리엘이 말했다.

"아저씨, 사람은 보이는 현상을 인정하지 않아."

"무엇을 말이니?"

가브리엘 대신 마하비르가 말을 이었다.

"우주와 내가 한 몸이라는 사실. 우주와 나는 하나의 혈관으로 이어져 있는데 그것을 사람은 이기심으로 막아버렸네. 동맥경화에 걸리게 된 거야. 그렇기에 자네는 지금까지 물을 얻기 위해 힘겹게 노동력을 판 거라네. 숫자 1에 대해 생각해본 적 있는가? 숫자 1에는 일반적 의미 말고 우주가 인간에게 전하는 메시지가 담겨 있네. '첫째! 하나!'를 뜻하는 숫자 1은 우리가 우주와 하나의 선으로 이어졌다는 표식이고 한 몸이라는 상징을 담고 있는 숫자지."

마하비르의 말은 계속 이어졌다.

"그러나 우주의 힘은 위대하기도 하지만 무섭기도 하지. 지축을 흔드는 단 한 번의 용틀임이 대륙을 집어삼킬 수 있는 힘을 지녔으니까. 이렇게 되면 불사의 음료인 넥타르를 마신들 무슨 소용이며 영원불멸하기 위해 스티쿠스 샘물로 몸을 적신들 무슨 소용이겠는가? 계속 이렇게 자연을 거역하고 순응하지 않으면 어둠이 될 수밖에 없네."

마하비르의 말은 나에게 심한 공포감을 주었다. 거꾸로 가면 어둠이 온다. 가브리엘이 첫날 수림지에서 어른들을 두고 말한 어둠이 바로 이것이었다. 그 공포는 온 사방에서 한 발자국씩 다가오면서 날 조여오고 있었다. 내가 공포감을 느끼고 있을 때 마하비르의 말은 계속 이어졌다.

"사람은 입으로 많은 것을 창조하지. 천지는 아무 말 없이 만물들을 잉태하고 세상에 내놓는다네. 겸허해지게. 지금의 자신을 깨고 넘어서게. 그래야 새로운 자신을 만들 수 있으며 진실이 보이네. 미래는 지금 살고 있는 사람 손에 달렸네."

13

우리는 거꾸로 살고 있다

토마토 농장에서 우리는 매우 낯익은 도시로 왔다. 그때는 이미 토마토 농장에서 겪었던 피로감이 말끔히 가신 상태였다.

"여긴 매우 낯익은 곳이구나."

"응, 맞아. 아저씨가 살고 있는 곳이지만 살고 있지 않은 곳이기도 해."

"같은 곳인데 같은 곳이 아니라니?"

"아저씨, 저기 새벽별 아저씨 보여?"

가브리엘이 말하는 새벽별 아저씨는 우리 동네를 맡아서 청소해 주는 환경미화원이었다. 동이 트기 전 새벽별이 남아 있을 때 청소를 시작해서 우리는 그를 새벽별 아저씨라 불렀다. 새벽별 아저씨는 우리 도시의 B구역을 청소하고 있었다. 우리는 건너편 지하도 입구에서 그를 지켜보고 있었다.

"저 아저씨가 뭐?"

"조금만 더 기다리면 알게 될 거야."

아저씨는 평소와 다를 바 없이 청소하고 있었다. 아저씨가 청소하는 모습을 유심히 본 것은 이번이 처음이었다. 왜냐하면 그럴 필요가 없었기 때문이다. 사실 나와 별 상관없는 일에는 무심히 지나쳤기 때문이다.

새벽별 아저씨가 한창 청소에 열중하고 있을 때 서너 대의 검은색 승용차가 아저씨 앞에 섰다. 자동차에서 정장을 입은 사람들이 일사불란하게 내렸다. 그러더니 새벽별 아저씨에게 정중히 인사했다. 그들의 모습은 마치 하급자가 상급자에게 예우를 갖추는 것처럼 보였다.

그런데 그 사람들 사이에 대통령이 함께 있었다. 대통령은 새벽별 아저씨에게 인사를 하고 나서 손수 물을 따라주며 얼굴에 흐르는 땀도 자신의 손수건으로 닦아주고 있었다. 새벽별 아저씨는 대통령이 하는 행동에 대해 당연하다는 듯 사양하지 않았다. 사회적인 지위와 편견을 거둬내고 보면 저 둘의 사이는 매우 정겨워 보이기까지 했다.

"어! 저 사람은 우리나라 대통령인데 청소부한테 뭐 하는 짓이지?"

“그게 이상해?”

“이상하지. 신분의 차이가 하늘과 땅 차이잖아?”

“나는 아저씨가 더 이상해. 내가 볼 땐 저게 정상처럼 보이는데.”

“가브리엘, 사회는 여러 조직이 하나로 뭉쳐 이루어진 곳이란다. 조직을 유지하려면 상하 위계질서를 확고히 해야 해. 그래야 조직이 살아남고 탄탄하게 유지되거든.”

“어른들은 참 쉬운 말을 어렵게 하는 재주를 지녔단 말이야. 함께 살기 위해서는 대장과 부하가 있어야 한단 소리잖아?”

“그래.”

“그렇다면 저 사람 중에 대장은 누구고 부하는 누구야?”

가브리엘은 새벽별 아저씨와 같이 있는 무리를 가리켰다.

“당연히 대통령이 이 나라에서 가장 높은 사람이니 대장이고 청소부가 부하지.”

“그런데 왜 대통령 아저씨는 새벽별 아저씨를 대장처럼 받들고 있지?”

“…….”

나는 말문이 막혔다. 지금 내 눈에 펼쳐지고 있는 상황은 대통령이 국민에게 보여주기 위해 하는 요식행위가 아니었다. 가식적인 행동과 진심 어린 행동은 다르다. 내 눈에 보이는 대통령의 행위는 가식이 아니었다. 대통령은 진심으로 청소부인 새벽별 아저씨를 예우

하고 있었다.

대통령은 새벽별 아저씨와 정겨운 대화를 나누고 있었다.

대통령　새벽별 어른, 며칠 전에 셋째 손주를 보셨다면서요?

새벽별　말도 마. 그 녀석이 글쎄 나만 보면 웃는다니까. 내가 그 녀
　　　　석 때문에 절로 힘이 나네. 허허허.

대통령　저도 얼마 전에 첫 손주를 봤지 않았습니까? 그 녀석이 조막
　　　　만한 손을 꼼지락거리는 걸 보면 눈물 나게 예뻐요. 하하하.

새벽별　자네도 이제 손주 재롱 보며 살 나이가 되었지. 이번 참에
　　　　대통령 그만두고 쉬는 게 어떤가?

대통령　어르신이 그만두라면 그만둬야지요. 하하.

새벽별　말 한번 시원스럽게 잘하는구먼. 자네가 국정을 맡은 지 한
　　　　20년쯤 되었지? 앞으로 그만큼만 더 해.

대통령　어르신도, 그때쯤 되면 내 나이 여든이 넘어요. 괜히 치매라
　　　　도 와서 나라 망치면 어쩌라고요. 그러잖아도 이번 임기 마
　　　　치면 그만두려고 합니다. 아닌 게 아니라 요새 자주 깜빡깜
　　　　빡한다니까요.

대통령은 새벽별 아저씨에게 가까이 다가갔다. 새벽별 아저씨는
대통령을 측은하게 바라보았다. 나라 살림을 맡아 하느라 눈코 뜰 새

없이 바쁘다는 걸 알고 있기 때문이다. 하지만 속마음을 감추고 너스레를 떨었다.

새벽별   내 보기엔 자넨 아직까지 끄떡없어.
대통령   어르신이야 워낙 강골이시잖아요? 며칠 전에 대통령 과로로
         건강이 걱정된다는 텔레비전 뉴스 못 보셨어요?
새벽별   그러잖아도 우리 집사람이 자네 걱정을 많이 해. 몸도 살펴
         가면서 일을 해야지. 국민 편안히 살게 만들어주는 것만이
         국민을 위한 일이 아니야. 국민 걱정 안 시키게 하는 것도
         보좌야!
대통령   네. 잘 알겠습니다. 하하.
새벽별   잠시만 기다려보게. 내가 줄 게 있어.

    새벽별 아저씨는 대통령을 애정 어린 말로 나무라며 자리에서 일어
났다. 잠시 후 청소 수레에 달린 가방에서 약통 하나를 가지고 왔다.

새벽별   자, 이거 먹게.
대통령   이거 비타민제 아닌가요?
새벽별   집사람이 오늘 자네 만나게 되면 주라고 했어.
대통령   아주머니도 참. 이거 어르신 드세요. 저보다는 어르신이 건

강하셔야 나라가 깨끗해지지 않겠습니까?

새벽별 이걸 내가 먹었다가 우리 집사람에게 무슨 구박을 받으라
고! 자네가 건강해야 우리도 건강해지네. 나 하나 쓰러지면
산에 나무 한 그루 뽑힌 거지만, 자네가 쓰러지면 산이 무너
지는 거야.

대통령 어르신도, 나무 없는 산이 무슨 소용이 있어요? 산은 뭐 혼
자서 만들어가나요? 바위도 있고 흙도 있고 나무도 있어야
산이잖습니까?

새벽별 그래서 안 먹겠다, 이거야?

대통령 아닙니다. 아주머니께 감사히 잘 먹겠다고 전해주세요.

새벽별 그려. 자네 점심 안 먹었지? 우리, 어디 나무 그늘에 가서 점
심이나 같이 하세.

대통령 제가 아무리 염치없는 사람이지만 어르신 도시락까지 축낼
정도는 아닙니다. 하하.

새벽별 누가 축내래? 오늘 나한테 자네가 올 거라는 걸 집사람이
알고 있었어. 자네 몫은 물론 보좌관들 몫까지 넉넉하게 싸
줬어.

대통령 잘됐군요. 그러잖아도 출출하던 참이었는데. 하하

새벽별 고마우이.

대통령 점심까지 주시는데 오히려 제가 고맙죠.

새벽별 그 말이 아니라 내 선택이 맞았다는 걸 보여줘서 고맙다는
거네.

대통령 무슨 말씀이신지?

새벽별 우리는 국민의 피땀으로 경제 성장도 이뤘고 민주화도 어느
정도 이뤄놓았네. 이제 남은 건 이 모든 것을 지키는 일이
지. 그러기 위해서는 통합 리더십을 가지고 있는 사람이 필
요했네. 한 분야가 아닌 여러 분야에 통찰력을 가진 리더,
국민과 소통이 잘 되는 리더, 열린 귀를 가지고 있는 리더,
겸허함을 지닌 리더 그리고 이 모두를 아우를 수 있는 복지
와 평화를 우선시하는 리더 말일세. 그게 바로 자네였네.

대통령 과분한 말씀이십니다. 저는 아직 부족한 사람입니다.

새벽별 완전한 사람이 어디 있던가? 부족함을 안다는 것은 곧 나를
아는 거지. 그것을 채워가고 채워주면서 사는 것이 더불어
사는 세상 아니겠는가? 허허허.

새벽별 아저씨는 웃으며 앞장서서 걷기 시작했다. 그 뒤로 대통령
을 비롯한 보좌관들이 줄지어 따르고 있었다. 참으로 정겨운 그림이
었다. 나는 그 모습을 넋을 잃고 바라보고 있었다. 만약 저 상황이 현
실이라면 사회에서 성공을 한들 그게 무슨 의미가 있을까 하는 생각
이 들었다. 어디선가 낯선 목소리가 들려온 건 내가 말문이 막혀 있

을 때였다.

"출세와 성공은 다르오."

그 목소리는 절로 숙연해지게 만드는 소리였다. 그 목소리는 우리가 있는 지하도 옆에서 들려왔으며 거기에는 누더기 차림의 거지가 눈을 감은 채 가부좌를 틀고 앉아 있었다. 저 자세라면 종일 앉아 있어도 동전 한 닢 구걸하기도 힘들 것 같았다. 그러나 그는 매우 익숙해 보였다. 오히려 누더기 차림에서 사람을 경건하게 만드는 기운이 감돌고 있었다. 그의 이름은 슈노렐이었다.

"존중만 있다면 애초에 사회적 서열은 필요 없던 것이었소. 그럼에도 굳이 그대가 사회에서 서열을 매기고 싶다면 신분의 차이를 주장하기 전에 도덕적 수준을 앞에 두는 것이 마땅하다 할 것이오. 사람의 품격은 학벌, 사회적 지위에서 나오는 게 아니라 도덕 수준과 삶을 관조하는 연륜과 사유의 깊이에서 나오는 것이오. 그대의 잣대로 신분 서열을 매긴다면 불량배들에게 굽실대는 그대는 그들보다 아래 서열에 놓일 것이오."

나는 할 말이 없었다. 솔직히 불량배들에게 굽실대는 건 그들의 신분이 높아서가 아니라 폭력이 무섭기 때문이다. 그때 가브리엘이 말했다.

"아까 토마토 농장에서 나올 때 마하비르님이 한 말 기억해? 거꾸로 살고 있다는 말."

“그래.”

“아저씨가 지금 보고 있는 광경이 정상이고 아저씨의 머릿속에 있는 건 가짜가 아닐까? 그래서 아저씨는 지금 아저씨에게 속고 있는 것은 아닐까?”

“사람의 존재감은 복종할 때 오는 희열에서 받는 것이 아니라 존중받을 때 오는 감사함에서 받을 수 있다오. 나쁘다는 건 잘못된 것이오. 잘못된 것을 알면서 인정을 하면 그건 그대 마음을 움직이지 못하게 하는 말뚝으로 박혀 진실을 못 보게 한다오.”

슈노렐과 가브리엘의 말에 나의 가치관은 혼란이 일어났다. 그들은 내가 살고 있는 사회를 비정상적인 것으로 말하고 있는 것이다.

“잘못된 인정이란 편견을 말하며 마음에 박힌다는 건 고정관념을 말하는 겁니까?”

“그렇소. 그렇게 박힌 마음은 쉽게 뺄 수가 없소. 그런 마음이 아이들에게 전해지면 아이들은 아집으로 살아야 될지도 모르오. 또한 그대처럼 혼란으로 얼룩진 안개 속에서 살아야 하오. 안개가 걷히지 않으면 자신을 괴롭히고 끝내 병들게 하오. 그리고 스스로 도태되게 만든다오.”

“네.”

우리는 어쩌면 아상의 늪에 빠져 스스로 죽임을 강요하며 살고 있는지도 모른다. 다만 무감각할 뿐이다. 사람은 사회적 동물이기에 정서의 지배를 받을 수밖에 없다. 지금은 무한 경쟁 시대다. 내 것을 만들기 위해 때론 상대를 제거해야 할 일이 생긴다. 그것 또한 생존에 필요한 일이 아닌가? 현실과 이상에서 오는 괴리감. 그들의 말은 타당성은 있었으나 황금만능주의인 현실 세계에 적용시켜 살기에는 무리가 있는 말이었다.

"이 시대를 살려면 우리는 사회에 어쩔 수 없이 맞춰서 살아야 합니다. 공동체에서의 상하 관계 같은 위계질서는 조직을 더욱 탄탄하게 만들어줍니다. 그러기 위해서는 사람을 통제할 수 있는 서열과 법제도 같은 건 반드시 있어야 하지요. 그래야 질서가 유지될 테니까요."

"사람들에게 어쩔 수 없는 선택을 하게 만든 것은 그 누구도 아닌 바로 사람들이오. 법이 없으면 무서운 악귀의 세상이 될 테지만 그것 또한 없어도 될 것이었소. 법이 없는 세상을 꿈꿔본 적은 있소?"

"그건 상상에서만 가능한 유토피아입니다."

"현실에서도 가능하지요. 자기 앞에 놓인 빵만 먹으면 되니까. 그러나 사람들은 이 쉬운 걸 못하고 남의 빵도 넘보지요. 양심을 버렸거나 잃어버린 것이지요. 그 불순함이 제거되면 지금 그대가 보는 광경이 정상으로 보일 것이오. 수많은 사람은 순리를 따르기보다는 최고가 되고자 하는 욕심에 빠져 정작 지켜야 할 것들을 무시하면서 살았소. 순리를 역행한 것이오. 그것이 거꾸로 사는 사람을 조종하는 불순물이오. 그리고 그들은 자신들의 행위를 정당한 것으로 둔갑시켜 후세들에게 '유산'으로 물려줘 답습하게 만들었소."

슈노렐의 말은 매우 강건하였다.

"유산이라면 독선과 아집을 말하는 건가요?"

"그렇소. 그것 때문에 얼마나 많은 것들이 무너졌고 병들어 신음하고 있소? 그중 하나가 인간이오. 세상을 병들게 만든 인간들은 지금 후회하고 있소. 그들을 쫓아 살았던 사람 역시 후회 속에 살고 있소. 그대는 내 말이 믿기지가 않을 것이오."

슈노렐은 마치 부인하고 있는 내 속을 다 알고 있다는 듯 말하고 있었다. 그의 말은 사실이었다. 슈노렐의 말들은 어느새 내 가슴으로 들어와 내 잘못된 가치관과 감정들을 다스려주고 있었지만, 독선과 아집으로 살아온 사람들이 후회하고 있다는 말은 동의하기 어려웠다. 왜냐하면 사회가 인간 위주의 공간으로 점점 진화한다는 건 분명한 것이지만 사람의 내면은 그 어떤 행동 없이는 가늠하기 어렵기 때문이다. 내가 아는 한 독선으로 사는 사람은 여전히 잘살고 있다. 슈노렐의 말은 계속 이어졌다.

"그러나 사실이오. 그들은 지금 후회하고 있소. 그것을 보려면 지금의 자신을 깨시오. 그래야 새로운 것도 보이고 진실도 보일 것이며 날개도 찾을 수 있을 것이오. 세상은 혼자만이 살 수 있는 곳이 아니오."

슈노렐과 나의 대화는 여기까지였다. 나는 슈노렐에게 더 이상 아무런 말도 하지 않았다. 사람에게 상처 준 사람이 후회하고 있다는 그 말에 부정과 반감이 생겨서가 아니었다. 그의 말을 확인하고 싶은 욕구가 생겼다. 그 말이 사실이라면 지금 내가 가지고 있는 가치관들이 어쩌면 잘못된 것인지도 모른다는 의구심이 움트고 있었기 때문이었다.

그는 여전히 가부좌를 하고 있었으며 눈을 감고 있었다. 그리고 엄숙했다. 우리가 대화를 하고 있는 동안 족히 열 명이 넘는 사람이 슈노렐에게 참배를 하고 갔으며 어떤 사람은 정성스럽게 만든 음식도 놓고 갔다. 처음에 나는 그들의 행동 또한 생경스러웠다. 성지 순례를 하는 사람들처럼 거지에게 성스러운 성물을 대하듯 슈노렐에게 감사를 표하고 있었다. 그런데 시간이 흐를수록 나 또한 그에게 그런 마음이 생겼다. 참배는 아니더라도 진심으로 인사할 수 있는 마음이 생긴 것이다. 나는 그에게 정중히 인사를 하고 물러났다. 슈노렐의 말은 나에게 깊은 여운을 주었다. 무엇보다 세상은 혼자만이 살 수 있는 곳이 아니라는 말이 가슴속 깊이 남았다.

오래전 유대인의 사회에서는 거지들을 슈노렐이라고 부르며 하나의 직업으로 생각했고, 사람들은 그들을 선행의 대상으로 여겼다. 그곳에 있는 사람들도 슈노렐을 선행의 대상으로 삼고 있었다.

14

안네와 게슈타포

가브리엘과 나는 영화관에 와 있었다.

"이곳에는 왜 온 거니?"

"왜 오긴? 학교에 가는 이유는 배우기 위해서고 영화관에 온 이유는 영화를 보기 위해서지."

이 말을 한 가브리엘은 미소를 지으며 스크린에 시선을 고정시켰다.

햇살이 따사로이 내려앉은 광장이었다. 여치색 새순들이 겨우내 앙상했던 가지에 옷을 입히고 있다. 하늘 수제비를 뜨며 새들은 나비와 어울려 비상하고 있었다. 수많은 사람의 발걸음과 웃음소리도 광장 곳곳으로 경쾌한 울림으로 퍼지고 있었다. 참 평화롭고 생동감 있는 공간이었다. 그러나 저편 한쪽에는 그와 대조적인 풍경이 웅크리고 있었다. 그곳에는 보기에도 위태로운 한 사내가 나무 그늘에 앉아 시름을 토하고 있다. 그의 차림은 남루했으며 생기라고는 찾아볼 수 없을 만큼 침울했다. 그의 머리 위에는 먹장구름이 드리우고 있었는데 그 먹장구름은 마치 그의 그림자인 양 항상 붙어 다니는 것처럼 보였다. 그곳은 전체적으로 어두웠다. 그런데 그곳에 해맑게 생긴 소녀가 아무런 거부감 없이 다가서고 있었다.

"아저씨, 오늘도 사람들에게 시달린 거야?"

"……."

소녀의 말에 그 사내는 아무런 대답이 없었다. 내내 땅만 내려보고 살았던 사람처럼 고개만 숙이고 있을 뿐이었다.

"오늘도 사람들에게 맞았나 보네. 안 되겠다. 내가 그러지 말라고 해야지."

"안네야, 네가 날 신경 써주는 건 고마운데 이젠 그러지 마. 너마저 그들에게 미움을 사면 내가 더 미안해지잖아?"

고개를 든 사내의 눈은 시퍼런 멍으로 물들어 있었고 얼굴 군데군데 피딱지가 엉겨 있었다.

"내 걱정은 하지 말고 아저씨 걱정이나 하세요. 그들은 아직 나처럼 용서하는 법을 몰라. 그렇지만 언젠가는 알게 될 거야."

“미안하구나. 우리가 전쟁만 하지 않았더라면 너희 가족이 게슈타
포인 나에게 붙잡혀 아우슈비츠 수용소로 끌려가는 일은 없었을 텐
데. 그러면 그런 참변은 안 당했을 거야.”

“그 소리는 벌써 100번도 더 들었다. 전쟁만 없었더라면 우리 가
족은 그런 끔찍한 일을 당하지도 않았을 것이고 아마 행복하게 살았
을 거야. 아저씨가 우리의 행복을 빼앗아 갔지. 그런 아저씨를 내가
왜 용서한 줄 알아?”

“…….”

“아저씨를 위해 용서한 건 아니야. 나는 나를 위해 용서한 거야.
용서라는 건 내가 나에게 주는 선물이거든. 아저씨를 용서하기 전까
지 나는 매일 밤을 악몽에 시달려야 했어. 아저씨는 모르지. 불도 제
대로 못 켜고 사는 피난처에서 숨도 제대로 못 쉬며 살아야 했던 심
정 말이야. 아저씨에게 질질 끌려가는 우리 가족과 언니가 독일군 감
시병에게 몹쓸 짓을 당하는 모습, 엄마가 그 독일군에게 뭇매를 맞고
죽어가는 모습, 언니와 내가 장티푸스에 걸려 수용소의 차디찬 매트
위에서 죽어가는 모습 등 정말 끔찍한 날들이었어. 눈 감기가 무서울
정도였어. 그럴수록 아저씨를 용서할 수 없었어. 아저씨를 여기서 처
음 만나던 날, 기억해?”

“기억한단다.”

“나는 그때 아저씨를 발견하고 뛸 듯이 기뻤어. 드디어 원수를

갚을 기회가 왔다고 생각했지. 그래서 나는 돌을 집어 들고 아저씨에게 던졌어. 얼굴에 정통으로 맞아 피가 흘렀어. 그런데 아저씨는 나를 붙잡아 혼낼 생각은 않고 당연하다는 듯 아무 말 없이 그냥 가는 거야. 아저씨에게 화풀이를 하고 집에 돌아가면 다시 그 악몽이 되살아나 아저씨가 밉기만 했어. 그럴 때마다 나는 여기에 나와서 아저씨에게 돌을 던졌어. 그런데 아저씨에게 화풀이를 하는 건 나만이 아니더라고. 아저씨가 유대인들에게 둘러싸여 몰매를 맞는 걸 봤어. 여기에 사는 유대인들이 나와 같이 억울하게 죽은 사람들이잖아? 나와 같은 심정이었겠지. 아저씨가 여러 사람들에게 둘러싸여 아무런 저항 없이 봉변당하고 있는 모습을 보니까 측은지심이 생기고 점점 불편해졌어. 그래서 내 일기장 친구 키티에게 물어봤어. '키티야, 게슈타포 아저씨가 점점 불쌍해져. 그렇지만 나는 아저씨를 증오해. 어쩜 좋지?' 그러자 키티가 '안네 프랑크? 너, 지금 편하니?' 하고 물어보는 거야. '아니!'라고 대답해줬지. 그랬더니 키티가 '용서라는 건 상대를 위한 배려에 앞서 널 위한 선물이야. 그것이 널 편안하게 만들어 줄 거야' 하는 거야. 그래서 아저씨를 용서했어. 그랬더니 더 이상 악몽에도 시달리지 않고 편안해졌어. 그날 이후 우린 친구가 되었지. 나를 죽음에 몰아넣고 내 가족을 죽인 사람을 친구로 받아들인다는 게 결코 쉬운 일은 아니지만 그것도 용서를 하니까 그렇게 어렵지는 않았어. 만약 말이야, 아저씨가 자신의 죄를 뉘우치지 않고 살았다면 나는 절대 친구로 받아들이지 않았을 거야."

"날 친구로 받아줘서 고맙고 미안하다. 그래도 넌 너에게 선물을 줄 수 있어 좋겠구나. 나는 그럴 수도 없단다. 내가 할 수 있는 일은 악질 게슈타포란 소리를 들으며 그들에게 내 몸을 내어줄 뿐이야. 그들이 너처럼 날 용서해준다고 해도 달라지는 건 없어. 그 죄가 없어지진 않아. 나는 너희를 해친 게슈타포 중 한 사람이니까."

"죄를 없앨 수 있는 방법이 있긴 한데. 아저씨는 꿈이 뭐였어?"

"게슈타포가 아닌 평범한 사람으로 사는 것. 나는 아버지처럼 구두 수선하는 사람이 되고 싶었거든."

"그럼 한 가지 방법이 있는데 알려줄까?"

"그런 방법을 안다면 내가 왜 이러고 살겠니? 그런 방법은 없어."

"있어. 실은 아저씨한테 그걸 알려주려고 온 거야."

"그게 뭔데?"

"오늘 개기일식이 있을 거야. 개기일식이 있는 날 24시간 동안에는 과거로 갈 수 있는 하늘 문이 열려. 그 문을 통과하면 자기가 가고 싶은 과거의 시점으로 갈 수 있어."

"정말이니?"

"그럼 정말이지. 저 광장 중앙을 봐. 벌써부터 과거로 돌아가려는 사람으로 가득하잖아?"

안네의 말에 게슈타포의 눈이 반짝였다. 그의 얼굴빛이 살아나고 있었다. 광장은 안네의 말대로 사람들로 북적이고 있었다. 모두 과거로 가려는 사람들이었다. 각각 사연은 다르겠지만 모두 후회를 안고 있는 사람들일 것이다. 후회는 반드시 이미 지나간 시간에서 온다. 지나간 시간은 흘러간 물과 마찬가지다. 결코 되돌아올 수 없는 것이 시간이다. 과거의 기억 때문에 어떤 사람은 자신의 과오를 교훈으로 삼아 살아가고 있고 또 어떤 사람은 아쉬움으로 살고 또 게슈타포처럼 벗을 수 없는 과거의 죄 때문에 죄책감에 시달리며 산다. 저곳에 모인 사람들 가운데 반 이상은 아마 게슈타포처럼 지난날의 과오로 괴로워하며 살지도 모른다. 자신도 저 중의 한 사람이라고 생각하니 부끄러웠다. 할 수만 있다면 이 부끄러움을 지우고 싶었다. 그런데 수많은 유대인을 죽음으로 몰아넣은 자신에게 그럴 자격이 있을까? 오히려 이렇게 사람들에게 속죄하며 사는 것이 맞는 것이 아닐까? 게슈타포가 광장 쪽을 바라보며 상념과 자괴감으로 갈피를 못 잡고 있을 때 백발노인이 다가왔다. 겉모습은 그저 평범한 노인이었다. 만면에 푸근함과 인자함으로 가득 차 있어 보는 이로 하여금 신뢰와 편안함을 주고 있었다.

"안네의 말은 들었지?"

"누구신가요?"

백발노인이 다가서자 게슈타포가 자리에서 일어났다. 그가 누군지 알려준 사람은 안네였다.

"꿈나무 과수원 할아버지야. 꿈을 잃은 사람에게 꿈을 알려주는 전도사이기도 하지. 오늘 과거로 가는 하늘 문이 열린다는 사실을 할아버지에게서 들었어. 할아버지가 아저씨에게 알려주라고 한 거야. 과거로 돌아가 아저씨의 과오를 청산하길 바라신 거야."

"전도사는 무슨! 나는 그저 꿈을 못 찾는 사람에게 꿈을 찾게 도와주지. 이곳 사람은 나를 드림파더라고 불러."

둘은 유쾌하게 웃고 있었다. 게슈타포는 그런 그들이 부러웠다.

"그런데 저에게 왜 그걸 알려주시나요? 제가 어떤 사람인지 아시잖습니까?"

"잘 알지. 게슈타포. 한때 유대인들에게 공포의 대상이었지. 허허허. 그래서 알려준 걸세. 거기에서 해방되라고. 과거로 돌아가서 자네가 원하는 대로 구두 수선공으로 살게. 그것이 안네가 바라고 있는 일일세."

"할아버지 말씀이 맞아. 과거로 가서 아저씨가 원하는 대로 살아."

"히틀러 같은 사람은 더 이상 나오지 말아야겠지. 전쟁은 부질없는 거품과 같은 거야. 지구별은 서로 공존할 때 더욱 빛나거든."

백발노인은 혀를 끌끌 찼다. 노인의 말에 게슈타포는 죄의식에 고개를 떨어뜨렸다. 비록 자신이 히틀러는 아니지만 양심은 그를 죄인으로 만들었다. 안네는 그런 그를 측은하게 바라보았다.

"아저씨, 너무 슬퍼하지 마. 그때는 아저씨도 어쩔 수 없는 일이었잖아?"

"해서는 안 될 짓이었지만 히틀러는 사람의 양심까지 없애버렸지. 그 당시 자네는 조국을 위한 사명감이라 여겼는지 몰라. 그곳에 가거든 자네가 저지른 악행만큼 사람들에게 봉사하며 살게. 나는 이만 바빠서 먼저 가네. 곧 꿈을 못 찾고 방황하는 젊은이가 과거로 가는 게이트로 올 시간이야. 저 많은 사람 틈에서 그 청년을 찾으려면 서둘러 가야 해. 참, 광장에 가기 전에 내 과수원에 가서 나무 한 그루를 심고 가게."

"나무는 왜 심어야 하는 겁니까?"

"그 나무는 자네의 꿈나무가 될 거야. 만약 자네가 과거로 돌아가서 자네가 바라는 바를 이룬다면 자네가 심고 간 나무에 열매가 열릴 것이고, 그렇지 않으면 죽게 될 거야. 자네가 성장함에 따라 꿈나무도 성장하네. 그 나무가 바로 자네의 분신이자 미래일세. 허허허. 그리고 한 가지 더 명심하게. 한 번 과거의 게이트를 나간 사람에겐 두 번의 기회는 오지 않는다는 것 말일세."

백발노인은 만면에 너그러운 미소를 띠며 말을 했지만 그 말은 의미심장했다. 스스로 시든 나무처럼 살면 자신이 심고 간 나무도 시들해지고 끝내 말라 죽게 된다는 것이다. 자신이 어떻게 선택하느냐에 따라 만족한 삶과 그렇지 않은 삶을 살게 된다. 두 번 다시 오지 않을 기회를 게슈타포는 잡아야 한다. 악질 게슈타포라는 끔찍한 수식어를 지울 기회를 마음속에 굳게 새기고 있을 때 안네가 그의 다짐을 흐트러지지 않게 하려는 듯 채근했다.

"아저씨도 어서 가요."

"그래, 고맙구나. 혹 과거로 돌아가서 너를 다시 만나게 되면 반드시 신세를 갚으마."

"아저씨! 나는 지금 무척 행복해. 우리 가족은 더 이상 숨어 살지 않아도 되고 헤어질 염려는 없으니까요. 그렇지만 신세를 갚겠다는 아저씨 마음을 거절하면 아저씨가 더 슬퍼질 테니까 받아들일게요. 그럼 열세 살 때 잃어버린 내 자전거 찾아줘요."

"그래, 내가 반드시 찾아줄게. 잘 있으렴."

"네. 아저씨도 안녕."

안네는 눈물을 흘렸다. 게슈타포는 안네의 눈물을 보지 않기 위해 몸을 돌려 꿈나무 농장으로 곧장 뛰어갔다. 안네가 자신 때문에 눈물을 흘린다는 것이 가슴을 뜨겁게 했다. 게슈타포의 눈에서 눈물이 쏟아져 내렸다. 그건 참회의 눈물이었다.

영화는 여기에서 끝났다. 게슈타포가 뛰어가는 뒷모습 위로 영화의 피날레를 장식하는 자막이 스크린을 타고 올라가고 있었다.

"사람은 '자기가 누구를 위해 울 수 있을까?'라는 생각보다 '누가

나를 위해 울어줄까?'를 먼저 생각한다. 하지만 누가 나를 위해 울어

줄까라는 생각은 공허한 메아리일 뿐이다. 내가 누군가를 위해 울 수

있다면, 그것만으로도 인생을 잘살고 있는 것이다."

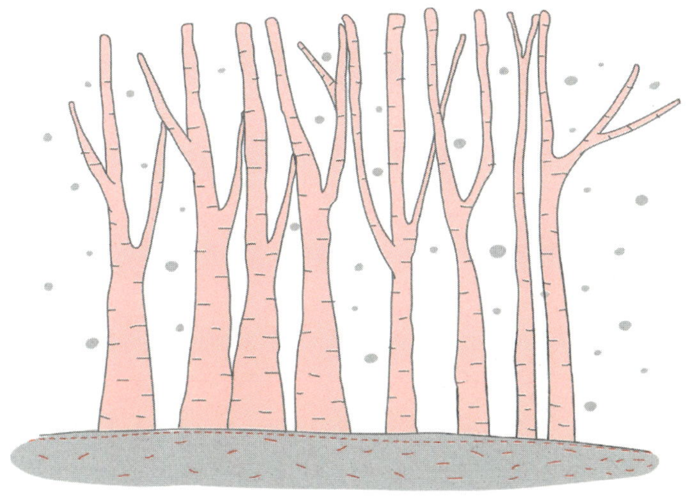

15

과거로 가는 게이트

영화관에서 나와 가브리엘과 함께 온 곳은 내가 자주 산책하러 나오는 광장이었다. 시에서 시민의 안락한 생활을 위해 마련해준 공간이었다. 광장은 축구 경기장과 테니스장 등 각종 스포츠 시설들이 들어설 만큼 제법 넓은 곳이었으며, 광장 중앙을 제외한 주변에는 관상목과 분수대를 설치하여 싱그러움을 만끽할 수 있게 꾸며져 있었다.

광장 중앙에는 평소보다 많은 사람이 줄지어 서 있었다. 행렬 앞에는 대형 거울처럼 생긴 문이 덩그러니 세워져 있었다. 그 문은 사각형으로 되어 있었으며 테두리는 사파이어 빛깔로 치장되어 신비감을 주고 있었다. 일반 거울처럼 자신을 비추어볼 수는 없었다. 언뜻보면 사람을 빨아들이는 블랙홀처럼 보였다. 문을 통과하면 형체가 빨려 들어가듯 사라졌다.

"저 사람들 모두 아까 본 영화에서처럼 과거로 돌아가려는 사람들인가 보구나."

"저 문을 하늘 문이라고 부르는데 저곳을 통과하면 과거로 돌아갈 수 있대."

"그럼 저 문이 타임머신이라도 된다는 거니?"

"그렇다고 할 수 있지."

"저 사람들이 과거로 돌아가려는 진짜 목적이 뭘까?"

"후회 없는 현재를 살기 위해서지."

"후회 없는 현재?"

"아저씨, 저 사람들 표정이 모두 똑같지 않아?"

가브리엘의 말에 나는 사람들의 표정을 살피기 시작했다. 가브리엘의 말처럼 그들은 모두 슬픈 표정을 짓고 있었다.

"모두 슬퍼 보이는구나. 어디가 아픈 사람들처럼 보여."

"응. 자신의 잘못 때문에 많이 아파하는 사람들이야. 과거의 잘못은 반드시 후회를 낳잖아? 저 사람들이 사람들을 많이 아프게 했거든."

"대체 저 사람들이 무슨 짓을 했기에?"

"저 사람들 중엔 바로 아저씨를 아프게 만든 사람도 있어."

"날 아프게 한 사람?"

“저기 저 사람 기억 안 나?”

“누구? 저 사람은!”

가브리엘이 가리킨 쪽에는 매우 낯익은 사람이 초췌한 모습으로 서 있었다.

“아저씨를 가르쳤던 중학교 때 담임선생님이지.”

“그래. 저 선생님이 왜 여기 있는 거니? 과거로 돌아가서 또 무슨 짓을 하려는지 그때 생각만 하면 아직도 화가 나. 그때 왜 그랬는지 지금이라도 물어봐야겠어. 언젠가 만나게 되면 물어보고 싶었거든.”

“저 사람들은 우리를 못 봐.”

“못 보다니?”

“아저씨는 미래가 보여? 미래가 보인다면 20년 뒤에 아저씨는 무엇이 되어 있을 것 같아?”

“글쎄, 무엇이 되어 있을까?”

“저 사람들은 지금 과거로 돌아가려고 하는 사람들이야. 다시 말해 아저씨가 지금 미래의 모습에 대해 명확하지 않듯 저 사람들도 과거로 돌아가면 미래의 자신이 어떻게 되어 있을지 몰라. 자신의 일도 모르는데 미래의 사람이 보이겠어? 하늘 문 앞에 줄지어 있는 사람들은 과거로 돌아가는 티켓을 끊었어. 그 티켓을 끊으면 지금의 세상은 안 보여.”

“그렇구나. 근데 좀 이상해. 과거로 간다면 오히려 기뻐서 좋아

해야 하는 것 아니야? 그런데 저 사람들 표정은 전혀 그렇지가 않
잖아?"

"후회하는 사람이 표정이 밝으면 그게 더 이상한 거 아냐? 저 사
람들은 티켓을 끊는 순간 희망과 용기는 없어지고 후회와 뉘우침만
남게 돼. 그게 지금 저들의 모습이니까. 하늘 문을 나가기 전까지는
지금의 감정으로 있을 수밖에 없어."

"그렇구나. 저 선생님은 나에게 친구간의 우정을 빼앗고 서로를
경계해야 하는 경쟁자로 만들어버렸어. '친구를 적으로! 이긴 자만
살아남는다!'라고 저 선생님은 늘 외쳤어. 그래서 나는 지금까지 경
쟁자만 있을 뿐 단 한 명의 진실한 친구도 없단다. 학창 시절의 추억
이라곤 서로를 경계하며 시험을 치르는 모습들뿐이야. 갈 수만 있다
면 나도 그 시절로 돌아가고 싶어."

"아저씨의 분노는 이해해. 그것이 저 선생님 탓만은 아닐 거야. 저
선생님도 그 위의 선생님한테서 그렇게 배웠을 거야."

"뭐, 듣고 보니 그렇기도 하겠구나. 진정한 친구가 사라져가고 경
쟁자만 있게 된 것이 저 선생님 때문만은 아닐 거야. 관행과 답습이
반복되었을 테니까. 슈노렐이 말한 유산이라는 것이 구체적으로 이
것이었구나."

'지금의 자신을 깨시오!'

마하비드와 슈노렐은 같은 말을 했다. 지금의 자신을 깨라는 말

은, 진실을 판별할 수 있는 능력과 그릇된 관행을 볼 수 있는 안목을 키우라는 것이다. 그리고 세뇌되어 앵무새처럼 답습하고 있는 나를 빨리 자각하여 빼내라는 의미였다. 그러나 자신을 깨라는 말은 저것에 국한된 것은 아니다. 이것은 열려 있지 않으면 이루지 못한다. 이것은 배우고자 하는 자세와 열정이 없어도 안 된다. 자신에게 벗어나려는 의지가 없어도 안 된다. 이것은 현실에 초연해야 하고 자아 성찰을 게을리 해서도 안 된다. 자기를 알아야 통찰력도 깊어진다. 통찰력이란 이것들을 성의 있게 이행할 때 생긴다. 그리고 모순의 통일성 없이는 그 어떤 창조력과 자유도 막히게 되어 자신을 깨기가 어려워진다.

"그래서 저 선생님은 과거 어느 시점으로 돌아간다는 거니?"

"그건 저기 수문장 아저씨한테 물어보자."

우리는 과거로 가는 게이트로 갔다. 연미복 차림의 수문장은 게이트를 나가는 사람들에게 캡슐로 된 알약을 하나씩 나누어주며 인사하고 있었다.

"당신을 가르쳤던 선생님은 교육자가 된 시작 시점으로 가려는 겁니다. 지금에서야 자신의 교육 방법이 얼마나 잘못된 것인지 알게 된 겁니다. 그때 저 선생님이 가르쳤던 학생들이 사회에 나와 결혼을 해서 얻은 자식들에게 친구 사귀는 법이 아닌, 친구를 해치는 방법을 알려주었거든요. 자신 때문에 무법천지가 되었으니 얼마나 큰 죄책감에 시달리겠어요?"

"그렇겠군요. 그런데 아저씨는 왜 저 사람들에게 인사를 하고 있는 거죠? 이 알약은 뭐죠?"

"이 알약은 저들의 미래였던 오늘의 기억을 지우는 약입니다. 이 약을 먹고 이 문을 나가는 순간 지금의 기억은 사라지죠. 그리고 그때 자신이 했던 잘못된 선택을 못하게 만드는 약입니다. 또다시 선택하게 되면 후회하게 될 테니까요. 내가 이 사람들에게 인사를 하는 이유는, 지금이라도 자신들의 과오를 알게 된 것이 고맙기 때문입니다. 나는 지금 이들을 배웅하고 있는 겁니다."

"고맙다니요? 이해하기 어렵군요."

"저들의 잘못으로 후세의 사람들은 병이 들었습니다. 저 사람들 또한 그때 당시에는 스스로에게 눈이 멀어 이렇게 될 줄 몰랐겠지요. 그런데 지금은 후회를 합니다. 자신의 잘못을 알게 된 거죠. 자신을 보게 된다는 건 깨달음의 시작입니다. 그건 축하할 일이지요. 자신들의 아집으로 인한 잘못을 지금이라도 뉘우치고 바로잡으려 하니 미래에 사는 사람들에겐 고마운 일이 아니겠습니까? 이 문을 통과하려는 사람 중에는 당신 선생님과 같은 사람만 있는 것이 아닙니다. 당신 선생님 뒤에 있는 사람을 보십시오."

"아! 저 사람은 히틀러 아닌가요?"

나는 중학교 때의 남임선생님을 바라보다가 바로 뒤에 서 있는 아주 낯익은 사람을 발견하게 되었다.

"맞습니다."

"히틀러가 왜? 아니 그 사람은 이미 죽었잖습니까?"

"육체는 죽었어도 저 사람이 저지른 죄는 오늘날까지 남아 있습니다. 그래서 죽었어도 아직까지 살아 있는 것입니다. 뿐만 아니라 지난날 억울하게 죽은 사람도 살아가고 있습니다."

"네?"

수문장의 말은 놀랄 만한 일이었다. 내가 놀라 입을 다물지 못할 때 영화에서 안네 역할을 맡았던 소녀가 다가왔다.

"별로 놀랄 만한 일도 아닌데 놀라네."

화면 속에서나 밖에서나 똑같은 모습이었다.

"영화 속에서 본 사람을 실제로 보니 영광이야."

"아직도 그게 영화라고 생각해?"

"그럼?"

"그건 영화가 아니에요. 배우들이 아닌 실존 인물들이고 실황 중계방송이었어요."

도무지 종잡을 수 없는 이야기를 했다. 나는 이게 대체 어떻게 된 영문인지 몰라 가브리엘에게 물었다.

"지금 안네가 무슨 말을 하고 있는 거니?"

"안네 언니가 말한 건 사실이야. 우린 이 광장에서 벌어지고 있는 상황을 스크린을 통해 보고 온 거야.”

“그럼 이 아이가 진짜 안네 프랑크니?”

“맞아.”

나는 너무 놀라 입을 다물지 못했다. 나와 반대로 그런 내 모습을 재미있다는 듯 보며 안네와 가브리엘은 생글거렸다. 둘은 미리 알고 있었던 사람처럼 정겹게 보였다. 안네는 책에서처럼 참 천진난만한 소녀였다. 머리는 양 갈래로 땋았으며, 조금 도도하고 새침한 구석도 보였고, 양 볼에 주근깨는 있었지만 또래보다 조숙한 면이 엿보이기도 하는 소녀였다.

“네가 어떻게?”

“아저씨, 많이 놀랐나 보네. 놀라실 필요 없어요. 억울하게 죽어간 사람의 살고자 하는 열망은 보통 사람보다 몇 배나 많아요. 그걸 ‘한’이라고 하죠. 그들에게도 이 세상을 평화롭게 살다 갈 권리는 애초부터 있었어요. 그중의 한 명이 나예요. 나뿐만 아니라 우리 가족 모두 지금 같이 살고 있는걸요. 그 권리를 히틀러 같은 사람이 빼앗아버린 거죠.”

“듣고 보니 그런 것 같구나. 그렇다면 히틀러가 지금까지 살고 있는 이유는 역사 속에서 영원불멸하고 있기 때문인가?”

수문장이 대신 말했다.

“그렇습니다.”

"그렇다면 히틀러도 자신의 과오를 후회하고 있다는 겁니까?"

"그가 만약 조금이라도 양심이 남아 있다면 아마도 그럴 겁니다. 많은 사람을 죽이고 자신도 자살했으니 마음이 얼마나 병들었겠습니까? 그걸 되돌리고자 돌아가려는 겁니다. 역사에서 미치광이 살인마라는 이름을 지우기 위해서 말입니다. 자신의 과오를 지우고 싶어 하는 사람은 히틀러뿐이 아닙니다. 자세히 보면 히틀러 말고도 들어본 인물들이 꽤 많이 있을 겁니다."

영국 최고의 살인마 칼잡이 잭도 있었고 링컨 대통령을 저격한 존 윌크스 부스도 있었으며 심지어 부처를 해하려 했던 조달, 예수를 배반한 유다, 공자를 욕했던 도척을 비롯하여 수많은 유명인이 있었다. 또한 평범하게 보이는 사람도 있었다.

"그렇군요. 인류의 역사 속에서만 보던 사람이 많이 보입니다. 그런데 저 사람은 평범한 사람 같은데 왜 과거로 가려는 거죠?"

나는 그 무리에서 평범하게 보이는 한 사람을 지목했다. 그 사람은 마흔 중반쯤 되어 보였고 평범한 차림을 하고 있었다. 몸에 걸친 옷이 평범할 뿐이지 그도 그곳에 있는 사람처럼 초췌한 얼굴을 하고 있었다. 시선을 내려뜨리고 있는 그의 낯빛이 후회로 얼룩져 더욱 어두워 보였다. 언뜻 보면 밤의 그늘을 쓴 얼굴처럼 보였다. 그런데 더 이상한 것은 그의 모습을 보자 내 가슴이 찡하게 저려왔다는 것이다.

가브리엘이 말했다.

"저 사람은 꿈을 잃은 사람이야."

"저 사람의 꿈이 뭐였는데?"

이번엔 안네가 말했다.

"창작을 하는 사람이 되고 싶었대요. 그렇지만 마음에만 담아두고 머리에서 만든 무대에만 서고 말았어요. 좋은 조건의 직장 때문에."

"그거면 된 거 아니야?"

"아저씨는 꿈이 뭐예요?"

"좀 거창하지만 위대한 작가나 아인슈타인 같은 창조자가 되고 싶은 게 꿈이지. 그러고 보니 저 사람과 비슷한 꿈이네."

"근데 왜 못하고 있어요?"

"글쎄, 지금은 성취할 수 없을 것 같아서라고 해두자."

"그냥 두렵다고 해요."

"그래, 두렵기도 해. 지금 당장은 그런 감상에 빠져 살 수가 없으니까. 꿈을 좇아 살기엔 나는 너무 가난하거든. 지금 자리에서 내가 할 수 있는 선택은 꿈이 아니고 조건 좋은 직장일 수밖에 없단다."

이 말은 나의 진솔한 마음이지만 서글픔이 묻어 나왔다.

"저 사람도 당신과 같은 마음이었습니다. 그런데 세월이 지나도 행복해지지가 않았던 겁니다. 그래서 자신이 꿈을 포기했던 시점으로 가서 자신이 원하는 삶을 선택하여 다시 살고 싶은 거죠. 이세야 자신을 만족시키고 행복하게 해줄 수 있는 것이 뭔지 알게 된 것입니다."

"그게 뭐죠?"

"자신이 진정 원하는 일을 하며 사는 것입니다. 꿈을 향해 사는 것이지요."

"그렇게 살 수만 있다면 얼마나 좋겠어요? 그러나 세상살이가 마음처럼 살아지는 건 아닙니다. 사람에겐 알라딘 램프나 도깨비 방망이가 없으니까요."

"당신은 왜 욕심하고 꿈이 같은 것이라고 생각하시죠?"

"꿈이라는 것도 엄밀히 들여다보면 욕심이니까요."

"그렇게 보는 건 피해의식이 낳은 자기 합리화 아닌가요? 지금의 당신은 마치 등에 짐을 짊어지고 사막을 건너가는 나귀처럼 느껴질 겁니다. 꿈은 인생을 창조하는 일입니다. 땀과 노력이 섞이지 않고 어떻게 창조가 될 수 있겠습니까? 자기 인생을 창조하기 위해선 자신과의 싸움은 불가피합니다. 아인슈타인과 에디슨이 위대한 것은 창조물을 만들기 위한 자신과의 싸움에서 이겼기 때문입니다. 그 싸움에서 이긴 자만이 창조물을 만들어낼 수 있는 것이지요. 그게 진정한 꿈의 실현이고 자아 실현 아니겠어요?"

"그러나 자신의 꿈을 실현시키기에는 현실이 우리를 그냥 놔두지 않습니다. 이 사회는 사람을 원하는 게 아니라 학벌 같은 스펙을 원

하니까요. 그걸 원하는 사회의 잣대가 자신의 자유의지에 대한 선택
또한 박탈해버렸습니다. 우리가 할 수 있는 선택이란 살아남기 위한
고민밖에 없습니다. 오늘은 무엇을 먹을지, 냉장고가 비었는데 어떻
게 채울지, 오늘은 얼마나 눈치를 보며 살아야 하는지 등 여러 고민
을 하며 살아야 하는 것이 사람이고 현재의 삶입니다. 수문장님의 말
씀대로 행복하게 살려면 자기가 하고 싶은 일을 하며 살아야겠지요.
그게 곧 이상적인 삶이니까요. 그렇지만 굶주린 배와 그것을 바꿀 사
람이 얼마나 될까요?”

그때 백발노인이 우리 대화에 끼어들었다.

“젊은이는 내일 무슨 일이 일어날지 아는 것 같네. 그렇지 않고서
야 어떻게 꿈을 향해 살면 굶는다고 단정지을 수 있는가? 혹 사람보
다 스펙을 강요하는 사회의 잣대를 눈치 보느라 해보지도 않고 지레
겁먹고 있는 건 아닌가? 현실 속에서 하는 수많은 선택을 자기의 숙
명인 양 착각하여 체념으로 결론짓기보다는 꿈을 위한 ‘수단’이라고
생각하는 게 더 지혜로운 생각일세. 인간에게 주어진 숙명은 ‘탄생’
으로 시작해 ‘선택’하며 살다가 ‘죽는 것’이지. 탄생과 죽음 사이에
있는 선택, 이것이 불행과 행복을 결정짓는 키워드가 아니겠는가?
자기의 꿈을 포기한 사람은 비록 배는 부를지 모르겠지만 평생 정신
적인 허기를 느끼며 살아야 할지 모르네. 마음 한 구석은 언제나 비
어 있을 테니까. 그렇지만 꿈을 이루기 위한 수단으로 부도덕한 일은

선택하지 않는 것이 좋을 걸세. 자신이 애써 찾아 이룬 삶을 퇴색시키는 원인이 될 수도 있으니까 말일세. 내 젊은이를 한참 찾았네 그려. 허허허."

갑자기 나타난 백발노인은 느닷없이 대화에 낀 게 아니었다. 내가 오기 전부터 나를 기다리고 있었다. 그때 가브리엘이 말했다.

"할아버지가 찾고 있던 아저씨가 이 아저씨예요?"

"오냐. 가브리엘아, 여행이 피곤하진 않더냐?"

"별로 피곤하진 않았어요."

예고 없이 나타난 백발노인 드림파더는 안네와 가브리엘을 예전부터 알고 있는 사이처럼 대하고 있었다. 뿐만 아니라 나 역시 알고 있는 사람처럼 대했다. 그렇지만 내 기억엔 없는 노인이었다.

"저를 아세요?"

"아니까 찾아다녔지."

"저를 어떻게 아시죠?"

"마하비르한테 연락을 받았어. 꿈을 잃은 젊은이가 가브리엘과 같이 이곳에 올 거라더군."

"네?"

"허허허, 많이 놀랐나 보네. 알고 보면 놀랄 일도 아니야. 거창한 말로 설명하자면 영적 교신이고, 유식한 말로는 시공간을 초월한 텔레파시라고 하지."

"그게 가능하다는 겁니까?"

"그게 뭐 별건가? 마음이 통하면 그게 텔레파시지. 젊은이도 만나면 편안한 사람이 있고 왠지 불편한 사람이 있지? 편안한 사람을 두고 '파장이 같다'라고 해. '기의 소통이 좋다'라고도 하지. 그런데 파장이나 기는 심오한 말들이고, 그냥 라디오 주파수 같은 거라고 생각하면 돼. 주파수가 잘 잡히면 선명하게 들리지 않는가? 마음이 통하는 사람은 이렇게 초면인데도 마치 예전부터 알던 사람처럼 친근하게 느껴지는 것은 주파수가 같아서야. 안네도 그렇고 가브리엘도 그런 셈이지."

"그럼 안네와 가브리엘을 오늘 처음 만났다는 말입니까?"

"안네는 이 동네 사는 아이니 처음 봤다곤 할 순 없지만 처음엔 그렇게 만나게 되었지. 그리고 가브리엘은 오늘 처음 보는 아이네. 허허허."

나는 높은 차원에 있는 미지의 그 무엇과 만나고 있는 듯했다. 내가 아는 세상이 이것이 전부가 아닌 것 같았다.

"내 설명이 난해한가 보구면. 세상을 들여다보면 우리가 알지 못하는 일들도 많고 신비한 일들도 많이 일어나고 있지. 그런데 세상의 만물에 관심을 가지고 자세히 보면 신비하지 않은 것은 없네. 더욱이 생명을 가지고 있는 모든 것은 다 신비한 것이지. 콩알이 새싹을 틔우고 자라나 다시 콩을 생산하는 과정이 얼마나 신비한가? 사람도 마찬가지지. 인체가 얼마나 신비한가? 신비하니까 호기심이 생기고 소중함이 생기는 것이네. 지구상에 60억 명의 사람이 살고 있지만 똑같은 사람은 단 한 명도 없네. 일상에서의 신비감은 느껴보려고 할 때 느껴지네."

드림파더는 내 마음을 읽고 있는 듯 말하고 있었다. 시공간을 초월한 영적 교신이라는 미스터리에 대하여 어떻게 설명할 수는 없다. 일상에서의 신비감 역시 그동안 살아오면서 느끼지 못한 감정임을 인정한다. 나는 나와 관계된 모든 사물들을 애써 느껴보려 하지 않았다. 그러나 저들은 나와 달랐다. 소통에 막힘이 없었다. 소통에 막힘이 생기지 않는다는 것은 같은 것을 가지고 있다는 의미이기도 하다.

"어르신이 왜 저를 기다리고 계셨죠?"

"먼저 내 소개를 해야겠구먼. 나는 꿈을 찾을 수 있도록 도와주는 사람이야. 나는 젊은이의 꿈을 찾아주기 위해서 기다리고 있었던 걸세. 수문장과 말하는 걸 듣자니 젊은이는 꿈에 대해 뭔가 잘못 생각하고 있는 것 같아. 꿈이라는 건 만들어진 것이 아니라 만들어가는 게 아닐까? 자네 생각은 어떠한가?"

"이미 만들어진 것을 가지고 싶어 하는 것도 사람에 따라 꿈일 수 있다고 생각합니다."

"음, 각자의 마음이 다르다는 것을 인정한다면 그럴 수도 있지. 젊은이도 그런가?"

"솔직히 삶이 버겁게 느껴질 때면 그런 마음이 생기기도 합니다."

"부질없는 생각이구먼. 젊은이는 이미 괴테고 아인슈타인이야. 그들이 쓴 글을 읽고 그들이 이룬 사상과 창작물 속에 살고 있으니까. 그런데 자네는 그걸 이루어도 점점 공허해질 거야. 왜냐하면 자신이 이뤘다는 성취감이 없기 때문이지. 노력 없이 남의 것을 취했다는 열등감과 허무함, 때론 자괴감으로 괴로워할지도 모르지. 또 공허함도 함께 느낄 거야. 공허함의 입자는 외로움으로 되어 있지. 공허함을 채우는 유일한 것은 성취감이야. 젊은이, 창조자가 되고 싶다고 했나?"

"네."

"인생을 탐구하는 자세로 사유하는 사람들에겐 통찰의 눈이 생겨. 그런 사람은 자연스럽게 창조할 수 있는 능력이 생기네. 또 그것을 위해 살지. 창조력을 잃은 사람은 죽은 사람이나 마찬가지야. 왜냐하면 그들은 멈춰 있는 사람이거든. 그러나 창조를 위해 사는 사람이 알아두어야 할 것이 있네."

"그것이 무엇인가요?"

"사실 하늘 아래 근본이 될 수 있는 창조란 없네. 근본이 되는 창조는 이미 만들어져 있는 것이니까 말일세."

"무슨 말씀이신지?"

"이것을 자칫 잘못 받아들이면 허무감에 빠져 자신의 인생을 놓게 되기도 하네. 근본이 되는 창조란 자연을 말하는 걸세. 자연은 인간이 살아가는 데 있어 필요한 모든 것을 이미 창조해놓았네. 그 토대 위에서 우리는 하나하나 그 원리를 찾아내고, 응용하고, 개발하며 살고 있네. 그건 작가가 이미 나와 있는 글자를 조합해 이야기를 만드는 것과 마찬가지고 화가가 하얀 도화지에 그림을 그려 넣는 것과 같네. 도공이 흙으로 도자기를 빚는 것과도 같은 이치지. 인류학상 오랜 과제였던 물질이 만들어지는 근본 원리도 이제 서서히 밝혀지고 있다네. 신의 입자라 불리는 힉스의 존재도 발견되었다지? 이렇게 우리는 발견되지 않은 것들을 찾으며 살고 있네. 우린 그걸 보물찾기라고 부르네. 인간이 부르는 창조란 보물찾기라 할 수 있지. 소풍에서의 백미는 보물찾기 아니던가? 보물을 발견했을 때의 기쁨이 인생을 사는 묘미라네. 알아두게. 능동적인 사람은 진화할 수밖에 없다는 것을. 그리고 위대한 사람의 공통점은 '발견'이라는 사실을! 허허허."

16

비상을 위한 준비

드림파더는 인자했으며 삶의 혜안을 가지고 있었다. 그런 그가 돌에 걸려 더 이상 앞으로 나가지 못하고 있는 나의 수레에서 돌을 치워주고 있었다.

"현대를 살고 있는 많은 사람은 배고픈 소크라테스보다 배부른 돼지로 살고 싶어 하지. 또 그렇게 살아가고 있기도 해. 그런 사람들을 두고 어느 철학자가 창조력을 잃은 최후의 인간이라고 하더군. 아침에 일어나면 출근하고, 일하고 다시 퇴근해서 자는 반복된 일상에서 낙이라곤 쇼핑과 마약성 쾌락이 전부지. 혹시 젊은이도 그런 사람 중 한 사람 아닌가?"

드림파더의 물음에 나는 아무 말도 하지 않았다. 나도 내심 그런 사람 중 한 사람이라는 것에 동의하고 있었던 것이다.

"자신의 꿈을 향해 살지 못하는 사람은 갑상선 기능 항진증에 걸린 것과 같다네. 아무리 먹어도 허기가 지고 점점 말라가는 병이야. 꿈을 향해 가는 것이 아닌 다른 길로 가서 그런 거네. 젊은이, 만약 젊은이가 꿈을 향해 가기보다는 좋은 직장을 택하고자 하는 마음이 더 많다면 지금의 선택을 후회하지 않고 살 수 있겠는가?"

"……."

"아무 말 못하고 있다는 것은 자신의 선택에 확신이 서지 않고 있다는 암시지. 끌려가는 삶을 살고 있기 때문이기도 하네. 어떤 일을 계획할 때 해야 할지 말아야 할지 선뜻 판단이 서지 않는다면 안 하는 게 훨씬 현명한 일이네. 왜냐하면 만약 그 일을 해서 잘되면 좋겠지만 안 되면 경제적 손실과 시간적 손실이 생기지. 하지만 시작하지 않는다면 잃는 건 없다네. 확신이 서지 않는 일을 한다는 건 도박이나 마찬가지야. 지금의 각오가 현실에 떠밀려 어쩔 수 없이 선택한 것이라면 냉정하게 젊은이 자신에게 물어보게. 진정 지금의 선택에 후회하지 않을 건가에 대해서 말일세. 후회하지 않을 자신이 있다면 선택을 한 자신에게 격려를 해주게. 그렇지 않고 마지못한 삶을 선택한다면 시간을 잃게 될 것이며 평생 허기진 상태로 살아가게 된다네. 그 허기를 달래기 위해 가끔은 위대한 사람인 척 흉내도 내고 마치 진짜가 된 것처럼 착각도 하지."

"왜 그렇게 생각하십니까?"

"나도 젊은이 같은 시절이 있었네. 내 경험을 빌려 말하자면, 내가 하기 싫은 일을 하는 것은 곧 나를 죽이는 일이더군. 물론 젊은이가 나와 같을 수는 없겠지. 사람이 살다 보면 흐린 날도 있고 볕들 날도 있네. 내가 어쩌지 못하는 것에 마음을 쓰는 일은 한여름에 눈이 오길 바라는 마음과 별반 다를 바 없는 것이네. 인생을 살면서 자기에게 좋은 날만 골라서 살 수 있을 것 같은가? 때로는 불가피하게 비를 맞을 때도 있고 바람과 맞설 때도 있는 거지. 어차피 그리 살 거라면, 내가 싫어하는 일을 하면서 맞서는 것보다 내가 하고 싶은 것을 하면서 살아가는 것이 더 보람되지 않겠는가? 그래야 볕든 날이 더욱 값지고 의미 있고 소중하게 다가오는 것 아니겠어?"

드림파더는 사람 좋은 얼굴로 잔잔하게 미소를 머금었다.

"그런데 사람에게 기회가 자주 오는 것은 아니잖습니까?"

"강태공이 낚은 건 고기가 아니고 세월일세. 그렇다고 그가 허송세월만 낚았다고 볼 수 있겠는가? 기회는 준비된 자가 잡을 수 있으며 준비되지 않은 자는 기회가 와도 결코 잡을 수도, 해낼 수도 없네. 때를 기다릴 줄 안다는 것도 준비된 자의 덕목이야."

"기다려도 오지 않는다면 어떻게 하지요?"

"아직 드러나지 않은 불확실한 두려움에 떨고 있는 자네를 먼저 가엾게 생각하게. 사람을 그릇의 용도로 표현하자면 다 각기 다른 쓰임이 있지 않겠는가? 그렇듯 준비된 자는 기다림에도 초연하네. 어차피 큰 그릇은 평상시에는 쓸모가 없는 거네. 차라리 작은 그릇이 용도가 다양하고 쓸모가 많잖은가? 그런데 작은 그릇은 큰 기회가 와도 담지 못하네. 큰 그릇이니 작은 그릇이니 하는 것도 인간이 만든 불필요한 잣대일 뿐이네. 자기가 맡은 일에 최선을 다한 후에 결과를 기다린다면 그것이 곧 참된 삶이 아니겠는가? 준비된 자가 무엇이 두렵겠는가? 그런 사람은 기다림에 연연해하지도 조급해하지도 않네. 조급함이 소용없는 것임을 알고 있으며, 시계가 한 시간이 되려면 분침이 한 바퀴를 돌아야 하는 것은 당연한 이치야. 그렇기에 그들은 비통과 좌절감에 자신을 내맡기지도 않네. 이치를 받아들일 줄 안다는 것은 이미 사람으로서 도달할 수 있는 최고의 성숙이지. 식물이 저마다 꽃을 피우는 시기가 있듯 사람도 마찬가지라는 것을 그들은 알고 있네. 그래서 초연할 수 있는 것이지."

백발노인은 마치 나의 할아버지 같았고 때로는 목마를 태워 더 먼 곳을 보게 하려는 아버지 같기도 했다.

"기다림의 참뜻을 모르는 사람은 무리하게 능력을 쓰고자 해서 자신은 물론 많은 사람을 불행으로 몰아넣네. 세상엔 조급증에 걸려 쫓기듯 사는 사람이 많아. 젊은이도 그중 한 사람 아닌가? 대부분의 사람은 모든 걸 빨리 이루려고 하지. 그래서 만물을 대하는 느낌이 경직되어 있고 자아도취에 깊이 빠져 있어서 다른 것을 보고 들을 여유도 차단해버린다네. 스스로 자기가 파놓은 함정에 빠져서 허우적거리는 삶을 살게 될 지도 모른다네."

드림파더의 말을 들으니 우보천리라는 말이 생각났다. 소는 세상이 빨리 가라 채찍질을 해도 우직하게 목표만을 향해 묵묵히 간다. 그리고 기어이 목표점에 다다른다. 소는 더딜 수는 있으나 더 많은 것을 본다. 드림파더의 말은 서두르지 않는다면 더 많은 것을 보게 될 거라는 말이었다.

"그런데 자기의 행복을 위해 어떤 꿈을 선택한 사람이 그 일을 했는데도 자기와 맞지 않은 일이라면 어쩌지요? 그렇게 되면 삶의 의욕도 잃게 될 텐데요?"

"그런 사람 대부분은 자기가 손해를 봤다고만 생각하지. 시간과 노력 등 무엇인가 잃었다고 생각하니 의욕도 생기질 않는 거네. 그 일에서 의미를 찾으려 하지 않아. 동굴 앞에서 동굴을 보는 건 누구나가 할 수 있네. 동굴 안을 탐험하는 건 아무나 할 수 있는 것이 아니지만 호기심을 가지고 있는 사람은 할 수 있는 거네. 그러나 호기심을 가지고 있다고 해서 누구나 탐험가가 되리라는 보장은 없네. 탐험가가 되기 위한 준비를 해야 하고 그런 후에 부딪쳐봐야 알 수 있는 거지. 꿈을 포기한 사람 대부분은 해보지도 않고 마치 동굴에 들어갔다 온 사람마냥 지레 무서워하거나 자신을 과소평가해 시도조차 하지 않지. 이 얼마나 어리석은 짓인가? 탐사를 했다는 것은 칭찬해야 마땅할 일이지, 결코 자신의 사기를 꺾을 일은 아니네. 적어도 자신은 다른 이들처럼 밖에서 구경만 하는 사람은 아니었으니까. 현명한 사람은 욕심을 버린다고 해서 결코 좌절하지 않네. 거기에서 의미를 찾고 또 다른 의미를 찾기 위해 또 다른 꿈을 만들어 도전하지. 그때의 동굴 탐험이 자기 삶에 언젠가는 요긴하게 쓰인다는 것을 알고 있다네."

노인은 인자한 미소를 잃지 않았다. 중국 청나라 학자이자 서예가인 포세신이 일생 동안 단 한 번 만난 등완백을 스승이라고 주저 없이 말했다는 일화가 있다. 그들은 눈빛만으로 심혼의 교감을 나눴던 것이다. 등완백은 눈빛으로 서법을 주었고 포세신은 그 눈빛으로 깨친 것이다. 인연에 있어서 만남의 시간과 횟수는 그다지 중요한 것이 아니다.

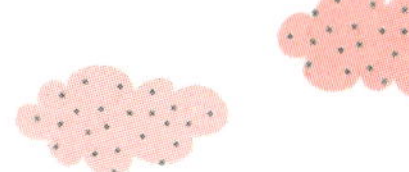

17

날개

과거로 가려는 사람이 점점 광장으로 모여들고 있었다. 행렬의 꼬리는 시간의 흐름에 따라 거대한 달팽이관처럼 길게 늘어섰다. 새삼 느끼지만 과거로 가는 톨게이트에 사람들이 이렇게 많이 모여든다는 것은 그만큼 자신의 삶에 만족하지 못하고 사는 사람이 많다는 증거다. 이것은 꿈을 버리고 사는 사람이 많다는 것이다. 내가 생각에 잠겨 있을 때 안네가 말했다.

"아저씨, 나는 지금 아저씨가 너무 부러워요. 비록 현실이 아저씨를 혼란스럽게 하고 때로는 방해할지도 모르겠지만, 최소한 공포의 대상인 게슈타포에게 걸릴까 두려워하며 어두운 방 안에 갇혀 일기를 쓰는 신세는 아니잖아요? 꿈을 잃고, 빼앗기고, 버린다는 건 참 슬픈 일이에요.”

안네의 말에 나는 말 없이 있었다. 내가 비록 안네의 처지가 되어 본 적은 없지만 그 당시 안네의 심정이 어땠을지 어렴풋이 알 것 같았다.

“젊은이, 사람에게 ‘인생이란 기회’는 단 한 번밖에 없네. 그 기회를 잘 활용하고 못하고는 전적으로 자신의 선택에 달려 있네. 대부분의 사람은 자신의 꿈을 선택하지 못하고 살지. 그렇다고 그들이 어리석다는 건 아니네. 그들에겐 최선의 선택이었음을 그들 역시 잘 알고 있을 테니까. 그렇다면 현재의 상황에 머물러 있는 사람이 되지 않도록 경계를 해야 할 것이네. 그러기 위해서는 자신의 선택을 존중하고 거기에서 보람을 찾는 일을 게을리 하면 안 돼. 젊은이, 소크라테스는 배가 고프지 않았네. 그 이유는 그는 자신의 배를 채우기 위한 삶을 택한 게 아니라 자신이 살고 싶은 삶을 택했기 때문이네. 그러나 젊은이는 그렇지 않았던 것 같네. 좀 전에 보았던 저 사람을 다시 한 번 잘 보게.”

나는 드림파더의 말을 듣고 논쟁의 중심에 서 있던 중년 남자를 다시 한 번 살펴보았다. 밤의 그늘이 드리워진 그는 수문장에게 알약을 받아들고 하늘 문으로 들어설 채비를 하고 있었다. 그리고 알약을 입으로 넣었다. 순간, 내려뜨리고 있던 얼굴을 곧추세운 그의 모습을 보고 나는 아연실색했다.

“저, 저 사람은!”

“그래, 젊은이야. 저 사람이 바로 젊은이의 미래 모습이지. 지금은 믿을 수 없겠지만 이 모든 건 사실이야. 꿈을 버리고 사는 사람의 자화상이기도 하지. 저 모습이 자네라는 걸 못 믿겠으면 저 사람을 한번 따라가보게나. 나는 이제 운동을 할 시간이야. 최근에 새로운 꿈이 생겼지. 세계 여행 가이드가 되는 걸세. 멋지지 않은가?”

드림파더는 만면에 미소를 띠며 돌아섰다. 그의 몸짓에서 여유가 묻어 나왔다. 저 여유는 만족한 삶을 살고 있는 사람에게서 나오는 자세였다. 만족하는 삶을 사는 방법을 알고 싶었다.

“어르신, 지금의 삶에 만족하십니까?”

“만족하네. 적어도 나는 저 대열에 끼고 싶은 마음은 없으니까. 왜냐하면 내 별은 아직도 반짝이고 있으니 멋지지 않은가? 하나의 별이 생겨 그것을 이루면 또 다른 별이 생겨 나를 움직이게 해. 자신의 삶에 만족하는 사람은 의외로 많네. 그렇다고 멈추어 있다고는 오해하지 말게. 그들의 공통점은 자기 몫 외에 남의 것을 원하지 않는다는 거네. 쾌락에 나를 맡기지도 않네. 남의 것을 탐하지 않는 마음, 그것이 그들을 지켜주는 별일세.”

“대체 별이라는 게 무엇입니까?”

“나를 움직이게 하는 원동력이지. 나만의 산소 같은 거야. 그 별이 꺼지지 않는 한 나는 계속 움직일 수가 있고 날 수도 있네. 비상하는 거지. 비상하기 위해선 무엇이 필요하겠는가?”

“…….”

“날기 위해서 필요한 것은 날개지. 날 수 있을 때 그것을 온전한 꿈의 실현이라 부른다네. 날기 위해 반드시 준비해야 할 것이 꿈이고, 꿈은 별과 같은 것이라네.”

“어르신 말씀은 결국 날기 위해선 꿈을 향해 가야 한다는 것입니까?”

“그렇지. 그런데 지금 젊은이의 꿈은 오직 장래 직업 하나에만 집착하고 있는 것 같아 보이는구먼. 젊은이는 꿈의 개념을 어떻게 알고 있는가?”

“내 삶을 더욱 윤택하게 해줄 수 있는 장치라고 생각합니다.”

“결코 틀린 말은 아니지. 그런데 뭔가 하나 빠진 것 같지 않은가?”

“네?”

“자기만을 위한 꿈은 진정한 꿈이라 할 수 없지. 자격증 따는 거야 누구나 할 수 있네. 그 자격증을 따는 것보다 더 중요한 것은 무엇을 위해서 쓸 것인지 고민하는 거야. 많은 사람은 자격증을 따서 자신의 삶을 위해 쓰려는 데만 급급하지. 날개는 두 개가 있어야 날 수 있지 않은가? 사람들이 착각하고 있는 것 중 하나가 바로 그거야. 혼자서 날 수 있다는 생각과, 날게 되면 그것이 마치 자신이 이룩한 공로인 양 여기는 것 말이야. 환자 없는 명의가 어떻게 나올 수 있는

가? 하나에만 집착하면 정작 진정한 의미를 못 찾고 도그마에 빠질 수도 있네. 잘 생각해보게. 지금 젊은이가 알고 있는 위대한 사람이 혼자 날 수 있었는지. 에디슨과 아인슈타인이 위대한 건 자신을 위한 삶이 아닌 인류를 위한 삶을 살았고 사람들에게 공감을 얻었기 때문이네. 지금 자네가 현실에서 겪는 어려움은 꿈을 버리지 않는 한 어려움이 될 수 없네. 그건 꿈을 이루기 위한 과정이고 재료 역할을 하고 있는 걸세. 그리고 꿈을 버리지 않는 사람은 그 꿈을 기어이 닮아간다네.”

드림파더는 우리에게 너그러운 미소로 작별 인사를 한 후, 진정한 꿈의 의미를 찾아보라는 숙제를 남겨둔 채 산책하듯 가벼운 걸음으로 광장을 벗어났다. 나는 드림파더를 더는 붙잡지 않았다. 그것이 무엇인지 알 것 같았기 때문이다. 진정한 꿈의 의미는 ‘나 하나를 위해서가 아닌 전체적인 삶의 구현’이라는 것을 깨달았다.

드림파더의 뒷모습에 서광이 내려앉고 있었다. 그 서광은 드림파더의 백발 위에서 내려오고 있었고 드림파더의 앞을 밝혀주고 있었다. 그러고는 차츰 퍼져 와서 내 눈 안으로 가득 들어오더니 온몸을 휘감으며 물들이기 시작했다. 가슴에서 형용하기 어려운 기운이 솟고 있었다. 그 기운은 마치 언 땅을 뚫고 나오는 새싹과 큰 산 뒤에 솟아오르는 일출과도 같았다.

18

모순의 통일과 거울

우리는 안네와도 이별하고 호루스를 따라 과거로 왔다. 이별은 항상 슬픔을 동반하지만 안네와의 이별은 슬프지 않았다.(훗날 나는 이별이 결코 슬픈 것이라기보다는 겸허하게 받아들여야 하는 것임을 알았다. 이별은 끝을 의미한다. 끝은 또 다른 시작과 맞물려 있다. 죽음 역시 현생에서 할 일을 다 했을 때 맞이하는 것이 아니겠는가? 죽음 뒤에 오는 것은 저세상이라는 또 다른 세상이다. 결국 죽음을 포함한 모든 이별이 슬픈 것이라고 믿는 것은 우리의 관념이 그것을 슬픔이라고 받아들이기 때문이다.) 짧은 만남 때문에 슬프지 않은 것이 아니라 안네와는 헤어지지 않았기 때문이다. 드림파더가 세계 여행 가이드가 되기 위한 준비로 과수원을 비울 때마다 안네가 대신 꿈나무 과수원을 관리하고 있었다. 그곳에는 내 나무가 자라고 있다. 안네는 언제나 시들지 않게 나무를 돌봐주기로 했다. 내 나무가 시들거나 변화가 있을 때마다 안네는 나에게 텔레파시를 보낸다.

'아저씨! 지금 아저씨 나무가 시들었단 말이야. 계속 그렇게 절망의 늪에서만 살면 이 나무 뽑아버릴 거야!'

'오호! 아저씨, 축하해. 아저씨 나무에 꽃이 폈어!'

이렇듯 안네는 나와 언제나 함께하고 있다.

호루스를 따라 과거로 온 우리는 그의 행동을 주시했다. 여기서 말하는 호루스는 과거의 나, 현재의 나, 미래의 나다. 호루스는 가브리엘을 처음 만난 방에서 내가 그랬던 것처럼 고심에 빠져 있었다. 호루스는 대기업 입사 시험을 치렀고 고배를 마셔 좌절을 맛봐야 했다.

"아저씨는 지금 좌절해서 분노하고 있어. 또 무언가 놓치고 살고 있다고 생각하고 있어. 그러나 그게 무엇인지 잡히지 않고 있는 상태지."

"그래, 그랬지. 분노를 하면 할수록 공허함도 커졌으니까. 공허함이 생긴 그 빈 공간에 무엇인가를 채워야 하는데 나는 찾질 못하고 있었지. 마치 안개로 뒤덮인 미로를 헤매는 것 같았어. 그런데 가브리엘을 만나고 나서 내가 놓치고 살고 있는 것이 무언지 알게 된 것 같구나. 소중한 것을 무시하며 살고 있는 것, 내가 나를 속이는 착각

속에 살고 있는 것, 내가 존재하는 이유, 진정한 꿈은 나 하나를 위한 삶이 아닌 전체를 위한 이상적인 삶의 구현 등 많은 것을 알게 된 것 같아. 나는 인류를 위해 존재하는 거야. 많은 경문과 성현들 그리고 선배들이 우리가 해야 할 일에 대해 말하고 우리 곁에 있는 것을 상하게 하지 말라고 경고를 했었지만 나는 그걸 무시하면서 살았지. 나를 위해 존재하는 것들은 늘 내 곁에 있었기에 함부로 대했던 거야. 그걸 지켜야 하는 것이 인간의 사명인데 말이야."

우리가 말하는 사이 호루스는 외투를 집어 들고 밖으로 나가고 있었다. 그가 간 곳은 성인이 되고 난 후 떠나왔던 고향집이었다. 집에 도착한 그는 자신의 체취가 묻어 있는 방으로 들어가 지난 흔적들을 찾고 있었다. 유년 시절에 가지고 놀던 장난감이며 빛바랜 사진, 책장에 꽂혀 있는 책 등 몇 번쯤은 어루만졌을 지난 흔적들을 그는 지금 다시 만지고 있었다. 그의 손길은 바람결처럼 멈추지 않았다. 그러다가 책장 귀퉁이 쪽에 묵묵히 꽂혀 있는 노트 한 권을 꺼내 유심히 살피고 있었다. 그러더니 얼굴에 갑자기 화색이 돌았다.

"그래. 내가 본래 원하던 삶은 이거였어!"

그의 외침이 방 안을 채우고 있었다. 그의 외침에는 미래에 대한 열망과 신념이 실려 있었다. 그는 이 대단한 발견을 더욱 견고하게 다지려는 듯 노트에 집중하고 있었다. 그러나 그의 표정은 시간의 흐름을 따라 점차 어두워졌다. 끝내는 실망으로 얼룩진 허탈감에 빠져 노트를 바닥에 힘없이 내려놓았다.

"저 노트엔 나의 꿈들이 있었어. 나는 꿈을 '산'이라고 이름지었지. 그리고 그 꿈을 향해 가는 나를 정상을 향해 올라가는 산악인이라고 했어. 나는 산악인처럼 산을 올라갔어. 그러다가 넘어진 거야. 그런데 산은 사람을 넘어뜨리지 않아. 사람을 넘어뜨리는 것은 바닥에 있는 돌멩이나 나무뿌리, 모래흙 같은 작은 것들이지. 그것들이 좌절과 절망을 부추겼어. 나는 꿈을 이루기 위해 나름 노력했어. 그런데 절망을 맛보고 난 후 나는 불볕더위에 말라가는 식물처럼 시들어갔어. 그때 저 노트를 다시 보았지. 내게 어울리지 않는 이성과 꾸며낸 감성과 이상만 잔뜩 들어 있더군. 그 사실을 알았을 때 가식적으로 살고 있는 내가 두려웠어. 이런 내가 꿈을 가지고 그것을 향해 인생을 산다는 게 자신이 없었어. 그렇기에 지금껏 나는 꿈을 접어야 했지. 어쩌면 나는 현실을 방패막이 삼아 변명만 일삼고 있었는지도 몰라. 왜냐하면 아인슈타인 같은 위대한 창조자가 되려고 했던 나는 그처럼 남들에게 감동을 줄 수 없을 것 같았거든."

"그때 아저씨는 아저씨의 꿈을 기억나게 할 만한 것 모두를 불살랐어. 꿈을 소각시켜버렸지. 그런데 그 이후에 아저씨는 세월이 흐를수록 후회를 하게 되었어. 꿈을 잃는다는 것은 죽은 것과 다름이 없다는 것을 알게 된 거야. 그건 자신을 사랑하는 마음이 없어진 것과 같았지. 자신을 진정 사랑하는 사람은 꿈을 키우며 산다는 것을 오랜 시간이 지난 후에 알게 되었어. 아저씨는 또다시 자신을 사랑하는 마음이 생겼어. 그래서 오늘 꿈을 찾기 위해 다시 오게 된 거야.”

“그래. 절망은 사람을 무기력하게 하고 사고를 마비시켜서 다른 걸 못 보게 만들지. 그런데 사실은 절망을 만드는 것이 사람이듯 희망 또한 사람이 만드는 거야. 우린 그걸 절망에 빠져 보지 못하고 살고 있었던 거야. 절망을 이기는 건 희망이듯 어떻게 생각하느냐에 따라 세상도 달리 보이는데 말이야.”

사람이란 참 묘하다. 절망에 빠져 헤어 나오지 못하는 사람이 있는 반면 디딤돌로 삼고 일어나는 사람도 있다. 그것은 생각하기에 따라 달라진다. 사람은 정작 잃어버리지 말아야 할 것을 잃어버리고 살아간다. 나는 절망 때문에 희망이 소중한 것을 알게 되었으며 슬픔 때문에 기쁨이 축복이라는 것을 알게 되었다.

반대쪽이 있다는 걸 생각 못하고 편협한 잣대로 한쪽만을 보며 살았던 것이 날 반성하게 만들었다. 금나라에서의 돈이 돌인 건 그들은 나처럼 하나의 희소성에 가치를 매기지 않고 전체에서 소중함을 찾았기 때문이다. 나란 존재는 내 주위에 있는 것들에 의해서 만들어지는 것이다. 즉, 전체가 없으면 나란 존재의 가치는 의미가 없다. 야채와 고기가 햄버거를 위해 존재하는 것처럼 말이다. 애초에 이 우주는 혼자만을 위해 있는 것이 아니다. 전체가 공존하고 있었기에 내가 있는 것이다. 내 뇌가 기억상실증에 걸리지 않는다면 이 사실은 오래도록 머리가 아닌 가슴으로 기억될 것이다. 내가 이런 감회에 젖어 있을 때 가브리엘의 말이 성령처럼 내 가슴속에 스며들었다.

"아저씨, 우린 그 누구의 인생을 대신 살 수 없어. 다만 서로에게 거울이 되어줄 뿐이야."

내가 눈을 떴을 때 가브리엘은 어디론가 사라지고 없었다. 대신 가슴 위에는 가브리엘의 손길 같은 아침 햇살이 내 손과 함께 내려앉아 있었다.

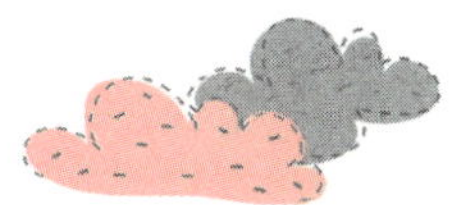

에필로그

무대 위에는 눈이 내리고 있다. 무대 중앙에는 이제 겨우 일 년쯤 되어 보이는 어린 나무가 오들오들 떨고 있다. 나무의 잎은 푸르렀지만 차가운 눈을 감당하기 위한 껍질 옷은 얇아 보였다. 잠시 후, 무대 위에 새하얀 솜뭉치가 주렁주렁 매달린 옷을 입고 눈이 등장했다.

눈　　너 춥니?

나무　응, 너 때문에 매우 추워.

눈　　나는 널 춥게 할 의도는 없었어. 나는 내 할 일을 할 뿐이야.

나무　그럴 테지. 나는 너에게 아무 짓도 하지 않았어. 이런 내가 왜
　　　너 때문에 추워해야 해? 넌 참 이기적이야.

눈　　나무야, 너야말로 이기적이지 않니? 넌 나 때문에 지금 이렇게
　　　버티고 서 있는 거야. 나는 비록 너를 춥게 만들지만 그만큼 땅
　　　을 강하게 만들어서 널 튼튼하게 만들어준단다.
나무　뭐라고? 이 거짓말쟁이!
눈　　그런 생각이 든다면 그리 믿으렴. 그런데 이것 하나는 알아두
　　　렴. 언젠가 넌 나에게 고마워할 날이 올 거야.

　　눈은 퇴장했다. 어린나무는 퇴장하는 눈을 원망의 눈빛으로 바라
보고 있었다. 눈이 퇴장하자 바람이 들어왔다. 바람은 회오리 모양의
옷에 암모나이트 모양과 같은 수염을 달고 있었다. 바람이 등장하자
어린나무의 나뭇잎들이 이리저리 휘날렸다. 어린나무는 바둥거리며
바람을 째려보고 있었다.

바람　아이고, 무서워라. 넌 왜 날 노려보고 있니?
나무　몰라서 물어? 넌 지금 날 날리려고 하잖아?
바람　그건 내 일이야.
나무　나는 여기가 좋아. 그러니 그냥 가렴.
바람　하하하. 나무야, 넌 나에게 뽑힐 만큼 그렇게 연약하지 않아.
　　　보렴, 네가 서 있는 그 땅이 얼마나 단단한지. 눈에게 고마워해
　　　야 할 거야. 겨우내 눈은 땅을 더 강하게 만들어놓거는. 주우넌

추울수록 땅은 더 강해져. 땅이 강해질수록 너 같은 식물들이
튼튼해지지.

나무   아니야. 나는 지금 너에게 뽑히지 않으려고 안간힘으로 버티고
있어.

바람   그렇게 버티게 만든 게 눈이라니까. 이렇게 말해도 넌 안 믿을
거야.

나무   그래, 안 믿어.

바람   그 말을 넌 큰 나무가 된 후에도 할 수 있을까? 그럼 넌 이 사
실도 안 믿겠구나. 내가 널 일 년 전에 이리로 데려다줬다는 사
실 말이야.

나무   너도 거짓말을 하는구나. 내가 속을 줄 알아?

바람   하긴 넌 그때 씨앗이었으니 기억나지 않을 거야. 넌 나를 타고
이리로 온 거야.

나무   내가 그 말을 들으면 고마워할 줄 알았니? 넌 지금 나의 가지
까지 꺾으려 하고 있어. 봐, 이 연약한 나의 가지가 활처럼 휘
어지고 있잖아? 나는 널 미워하면서 살 거야.

바람   날 미워한다고 뭐가 달라져? 그건 네 맘대로 해. 그렇지만 넌
나에게 언젠가는 고마워하게 될 거야. 왜냐하면 넌 나 없인 너
의 씨앗을 저 멀리 보낼 수 없을 테니까.

바람은 만면에 미소를 띠며 퇴장했다. 그와 반대로 어린나무는 점점 마음이 상했다. 바람이 퇴장하고 들어온 건 비였다. 비는 먹물로 색을 입힌 구름옷을 입고 나왔다.

비   너는 왜 심통이 났니?

나무   눈과 바람이 날 이렇게 만든 거야. 그들은 심술쟁이들이야. 그리고 나빠. 날 자꾸 화나게 해. 그런데 화가 날수록 나는 점점 무기력해져.

비   그렇구나. 그럴 땐 여행이 최고야. 나와 함께 여행할래?

나무   어떻게?

비   그야 간단해. 내가 너를 땅에서 파버리면 되니까. 그런 후에 넌 나를 타고 세상 이곳저곳을 다니는 거야. 어때?

나무   뭐라고? 너도 날 상하게 하려고 왔구나. 어서 돌아가!

비   하하, 농담이야. 그렇지만 우리를 너무 미워하지 마. 널 강하게 단련시킨 것도 우리니까.

나무   그래도 이렇게 세차게 비를 쏟으면 무섭단 말이야. 나는 아직 너희와 맞설 준비가 안 되어 있어.

비   그 준비는 네가 우리를 두려워하지 않으면 생겨. 조금만 버텨 봐. 나는 잠시 후에 물러갈 테니까.

비는 이 말을 남기고 무대를 벗어났다. 비가 퇴장하자 무대가 암전이 되면서 정적이 흘렀다. 잠시 후, 무대 위에 찬란한 스포트라이트가 켜지고 나무를 비추었다. 스포트라이트는 햇볕과 같았다. 햇볕을 받은 어린나무는 어느새 큰 나무가 되어 웃고 있었다. 그리고 무대의 장막이 내려졌다.

연극이 끝나자 장내에 조명이 켜졌다. 그것을 신호로 무대를 가렸던 장막이 다시 펼쳐졌다. 연극을 했던 아이들이 무대에 나와 인사했다. 저기엔 내 아이도 있다. 연극에서 나무 역을 맡았던 아이다. 아이의 얼굴에 빛 무리가 쏟아져 내리고 있어서 그 어느 때보다 밝게 빛나고 있었다. 높은 산을 올라온 사람의 얼굴과 매우 닮았다.

나는 아이가 태어나기 오래전에도 저 같은 얼굴을 가지고 있던 아이를 본 적이 있다. 그 얼굴을 가진 아이는 열 살쯤 되어 보이는 소녀였으며 자신을 천사 가브리엘이라고 했다. 그리고 십여 년이 지난 후 나는 가브리엘을 처음 만나던 날 꿀밤을 준 것을 후회하게 되었다.

어느 날, 아이가 위인전을 읽다가 내게 이런 말을 물어본 적이 있다.

"아빠. 출세와 성공은 같은 말 아니야?"

오래전 슈노렐을 처음 만났을 때의 일이 기억났다. 나는 그때 대통령이 청소부에게 굽실거리는 것을 보고 당황했고 그로 인해 성공에 대한 회의감까지 느끼게 되었다. 그런 나에게 슈노렐은 이런 말을 했다.

"출세와 성공은 다르오. 성공은 자기의 목적이 의도한 대로 이루어졌을 때를 말하오. 그러나 출세는 준비된 자가 세상의 부름을 받는 것을 뜻하오. 세상의 부름은 국가나 대중이 원할 때 이루어진다오. 성공은 개인의 만족이지만 출세는 대중의 만족이오. 성공은 내가 선택하는 거지만 출세는 내가 선택을 받는 것이라오."

물 한 잔과 토마토 두 개

초판 1쇄 인쇄일 • 2013년 1월 10일
초판 1쇄 발행일 • 2013년 1월 15일
지은이 • 오광진
펴낸이 • 임성규
펴낸곳 • 문이당

등록 • 1988. 11. 5. 제1-832호
주소 • 서울시 성북구 동소문동 4가 83 청구빌딩 3층
전화 • (02) 928-8741~3(영업부) 927~4990~2(편집부)
팩스 • (02) 925-5406
ⓒ오광진, 2013

홈페이지 http://www.munidang.co.kr
이메일 munidang88@naver.com

ISBN 978-89-7456-468-1 03810